KB026894

사랑을 막을
수는 없다

ON N'EMPÊCHE PAS UN PETIT CŒUR D'AIMER
by Claire Castillon

표지 사진
Author photo ⓒ Patrick Swirc | Corbis Outline | 토픽포토에이전시

이 도서의 국립중앙도서관 출판시도서목록(CIP)은
e-CIP 홈페이지(http://www.nl.go.kr/cip.php)에서 이용하실 수 있습니다.
(CIP제어번호: CIP2008000896)

사랑을 막을 수는 없다

클레르 카스티용 소설 | 윤미연 옮김

문학동네

우리의 만남은 외따로 떨어져 있는 길, 뜨거운 비, 어떤 도시, 언제나 우리보다 한 발 앞에 있는 미지의 세계다. 만남이란 언제나 미래의 것일 때만 실재하기 때문이다.

베르나르 데포르트

차례

사랑을 막을 수는 없다

그녀는 사랑의 말, 때로는 달콤한 추억이 깃들어 있는 작은 물건들을 스웨터 소매 속이나 조끼 사이에 끼워넣는다. 그녀는 시집이나 연애소설에서 베껴쓴 감미로운 말들을 양말 속에 슬쩍 밀어넣는다.

하지만 오늘은, 안타깝게도 그럴 수가 없다. 항상 그렇긴 했지만 오늘은 더더욱 시간을 맞추지 못할까봐 애가 탄다. 서두르지 않으면 주머니 부분이 쪼글쪼글한 채 셔츠를 그에게 넘겨주게 될지도 모른다. 그녀는 그가 그 셔츠를 아주 좋아한다는 걸 알고 있다. 그 셔츠는 그가 니스에서 가져온 것이다. 그녀는 다리미에서 뿜어져나오는 뜨거운 김을 음미한다. 그리고 다리미 바닥이 단추구멍들을 따라 나아갈 때, 그녀는 기차 레일을 떠올린다. 그러다가 실수로 셔츠를 반들거리게 만들고는, 대형열차사고를 생각한다. 이런, 야단났어.

그녀는 서둘러 집을 나선다. 마음이 급하다. 그를 태운 기차가 자기를 향해 달려오는 걸 보고 싶다. 열차의 도착을 알리는 전광판에 불이 들어오기 전에 먼저 도착해서 기다리고 싶다. 그녀는 트렁크를 손에 들고 전광판 아래 선다. 그 트렁크를 그에게 넘겨주고, 다른 트렁크, 그가 입었던 속옷들과 더러워진 낡은 구두, 호텔의 일회용 비누들과 탤컴파우더, 성냥, 그리고 그가 그녀를 위해 준비한 보물들이 들어 있는 트렁크를 건네받을 것이다.

안쪽 주머니에 뭔가 들어 있을 거야, 그는 나비처럼 재빨리 날아가버리기 위해 그녀를 포옹하면서 미소 띤 얼굴로 말한다. 그 걸로 그녀는 자기를 불쌍하게 여기는 사람들에게 입증할 수 있다, 자기가 사랑받고 있다는 것을.

그는 잠시도 쉬지 않고 일을 한다. 그녀와 그는 플랫폼에서, 두 대의 기차 사이에서 만난다. 그녀는 자신의 남자를 찾아내어 은밀하게 트렁크를 교환한다. 사람들은 그 트렁크들 속에 과연 어떤 금지된 물건들이 들어 있을까 궁금해할 것이다. 그들의 사랑? 그들의 메마른 사랑. 언젠가는 그가 더 오래 머물 날이 올 것이다. 그는 그럴 거라고 말한다. 그녀는 그 말을 믿는다. 그는 그다, 그는 그녀의 남편이고 멋진 연인이며, 가끔은 경솔한 사람이기도 하다. 그는 그녀의 사랑이다, 그녀는 그를 사랑한다. 그가 집으로 돌아오는 수고를 하지 않으려 한다 해도, 요즘, 특히 요 몇 달 동안 이 도시에서 저 도시로 바쁘게 떠돌아다니느라 한 번도 집으로 돌아온 적이 없다 해도, 그녀는 그를 사랑하고 있다. 그가 기차에 올라타고 그녀가 혼자 집으로 돌아와야 할 때, 그녀는 손을 흔들고는 점점 뒤로 밀려나면서 그의 좌석 번호를 되뇐다. 8호 차 37번 좌석. 그녀는 트렁크를 들고 있는 손을 서른일곱 번 오므렸다 펴고, 눈을 서른일곱 번 깜빡여본다.

그녀는 그의 전화를 기다린다. 그는 기차 도착시간이나 역, 출발지 또는 행선지를 알려준다. 혹시라도 착오가 일어날 경우, 그녀는 완전히 공황 상태에 빠진다. 그녀가 시간표를 착각한 것일 수도 있고 그가 잘못 알려줬기 때문일 수도 있다. 하지만 누구 잘못이건 그런 건 상관없다. 그녀는 초조해서 어쩔 줄 몰라하며 펄쩍펄쩍 이리저리 뛰어다니고, 하마터면 서로 만나지 못할 뻔한다. 그녀는 이미 출발한 기차 꽁무니를 따라 달린다, 태양에 닿기 위해, 트렁크를 그에게 건네주기 위해, 한 번의 미소를 얻기 위해, 두 팔을 높이 쳐든 채로. 트렁크를 간신히 넘겨주고 나서, 그녀가 넘겨받은 트렁크가 공중에서 분해된다. 빨랫감들이 와르르 쏟아진다. 트렁크가 망가졌다. 그녀는 플랫폼과 선로에 굴러떨어진 일회용 설탕, 이쑤시개, 꿀, 또는 잼을 줍는다. 그녀는 그가 전화로 이렇게 말할 거라는 걸 안다, 야아, 그것 참! 그델시 가방은 정말 튼튼했는데 어쩌다 그렇게 된 거지? 그게 정말 박살이 난 거야? 수리할 수 있을까?

집으로 돌아온 그녀는 트렁크를 바닥에 질질 끌고 들어간다. 덜그럭거리며 굴러가는 바퀴 소리가 귀에 울린다. 그녀가 거실로 들어서는 순간, 두꺼운 양탄자가 그 소리를 삼켜버린다. 하지만 양탄자를 벗어나자 마룻바닥 위로 바퀴 굴러가는 소리가 다시 터져나온다.

그녀는 의자 위에 몸을 웅크린 채 팔걸이에 뺨을 대고 자신의 미래, 즉 다음 목적지를 생각한다. 그리고 저녁식사로 샌드위치를 깨지락거리며 갉아먹는다. 샌드위치에서는 그녀가 좋아하지 않지만 그녀의 남편은 기가 막히게 맛있어하는 것들의 맛이 난다.

그는 크리스마스 때도 돌아오지 못했다. 그녀는 옷들 사이에, 신발 안쪽에 에트르타 해안에서 가져온 작은 조약돌을 넣어두었었다. 그들이 사귄 지 얼마 되지 않았을 때 그는 그녀를 그 해안으로 데려갔다. 그가 말하진 않았지만, 그녀는 그가 그 조약돌을 봤다는 걸 안다.

그녀는 자신의 운을 가늠해본다, 아주 열렬하게 사랑할 가능성을. 그리고 생각한다, 이 동네에서 저녁시간이나 일요일에 남자와 함께 시간을 보내는 여자들은 빨래를 하고 다림질을 하면서 느끼는 이런 기쁨을 결코 맛보지 못할 거라고. 그녀가 예쁜 리본이 달린 모자를 쓰고 새하얀 드레스를 입고 그와 함께 시청에서, 성당에서 '예'라고 대답하고, 노래와 피로연, 그에 뒤이어 첫날밤, 그녀에겐 첫 경험이었던 그 첫날밤을 보낸 이후로 십오 년이 흘렀다. 빨리 애를 가져야지, 더 늦어져서는 안 돼, 어머니가 말한다, 아버지가 말한다, 친구들이 말한다, 도대체 지금 너, 뭘 하고 있는 거니? 난 그를 기다려. 그는 날 위해 악착같이 일하고 있어, 따뜻한 곳에서 편안하게 살게 해주려고. 그는 나에게 아무것도 바라지 않아, 그는 미래를 위해 조금만 더 참고 자기를 도와달라고 말해, 그는 일을 해서 통장에 돈을 가득 모아갖고 집으로 돌아올 거야. 그런데 뭘 더 바라?

플랫폼에 그가 도착한다. 처음에 그녀는 그를 보지 않는다. 아니, 그를 못 본 척한다, 여느 때처럼, 오랜만에 만나는 그를 어떤 눈길로 쳐다봐야 할지 알 수가 없어서. 그녀는 그 모호한 안개 속을 어떻게 뚫고 나아가야 할지 알 수가 없다. 그녀의 심장은 항복을 알리는 북소리처럼 쿵쾅거린다. 그가 그녀에게로 다가온다, 그녀는 말한다, 아, 당신이구나, 나야.

그들은 트렁크를 교환한다. 그녀는 그의 손이 거칠게 자기 손을 스치면서 트렁크 손잡이를 움켜쥐는 순간이 너무 좋다. 그녀는 플랫폼까지 그를 호위한다, 그는 그녀에게 그건 쓸데없는 짓이라고, 피곤하게 그럴 필요 없다고 말한다. 그녀는 바퀴가 달려 있는 트렁크를 바닥에 내려놓지 않고 계속 손에 들고 있다, 그와 헤어졌을 때 팔을 아프게 하려고. 간혹 둘이 함께 카페에서 차를 마실 정도의 시간 여유가 있을 때도 있다. 오늘 그는 마지막으로 차나 한잔 마시자고 말한다. 그녀는 그에게 왜 마지막이냐고 묻는다. 그는 '출발하기 전의 마지막'이라고 말한다. 그녀는 안심한다. 그는 그녀에게 브뤼셀에 대해 이야기해준다. 그는 거기서 리부른으로 갈 거라고 말한다. 그녀는 만족한다. 그곳은 날씨가 아주 좋을 것이다.

그녀는 트렁크를 연다. 그리고 트렁크 밑바닥에 돌돌 말려 있는 꽃무늬 원피스를 발견한다, 요즘 유행하는 스타일의 아주 고급스러워 보이는 원피스다. 그녀는 상표를 확인한다. 그녀도 알고 있는 유명 브랜드다. 그녀는 원피스를 펼쳐들고 한동안 뚫어지게 보다가 마침내 입어본다, 몸에 딱 맞는다. 그래, 그는 기억하고 있었던 거야. 2월 20일, 바로 내일이다. 안쪽 주머니에는 설탕도, 샴푸도, 손수건도 없다. 이상하다. 그 안에서 찾아낸 거라고는 양성 반응이 나타나 있는 임신테스트 시약 하나뿐이다. 그녀는 놀라서 멍청해진다. 이런 불시의 공격은 전혀 예상하지 못했다. 그녀는 깔깔거리면서 "임신"이라는 단어에 들어 있는 철자들을 하나하나 숫자로 바꾸고, 이어서 플랫폼들의 위치를 되새겨본다. 그녀는 수를 더하고, 빼고, 어떤 새로운 게임, 일종의 수수께끼, 그들 사이의 새로운 관계를 받아들일 준비를 한다.

엿새 후, 그녀는 마르세유 행 플랫폼에 서 있을 것이다. 그녀는 그에게 도움이 될 만한 생각을 해야 한다, 수영복, 선크림, 선글라스. 그녀는 생일 선물로 받은 원피스를 입고 나갈 것이다. 선로 C. 그녀는 눈을 감고서도 선로를 찾아낼 것이다.

그가 전화를 했다. 모든 게 취소되었다고 말한다. 그는 지나는 길에 들르지 않을 것이다. 그녀는 원피스를 선물해줘서 고맙다고 말한다, 그는 무슨 원피스? 라고 되묻는다. 내 생일 원피스! 무슨 생일? 내 생일 말이야! 아, 당신 생일, 아 참 그렇지, 그래, 그러고 보니 벌써 지났군, 미안해, 생일 파티는 나중에 하지 뭐, 너무 마음 상해하지 마. 그런데 당신이 좀전에 말한 그건 도대체 뭐야, 원피스라니, 무슨 원피스? 남편이 묻는다. 트렁크 밑바닥에 돌돌 말려 있던 그 원피스, 당신도 알잖아, 안다고 말해줘, 그건 나에게 주는 선물이었다고 말해줘. 당신한테 누군가가 생겼어, 그래, 분명해.

이만 전화 끊어야겠어.

당신한테 누군가가 있어.

마음대로 생각해.

그녀는 몇 년째 플랫폼에서 그를 기다리고 있다. 그녀는 팔을 늘어뜨리고 있다. 이제 그녀의 팔 끝에는 아무것도 들려 있지 않다. 그동안 그녀는 손잡이를 꽉 움켜잡고 트렁크를 지키고 있었다. 하지만 어느 날 저녁 그녀가 배 위에 손을 올려놓고 잠이 든 사이, 누군가가 그녀의 트렁크를 가져가버렸다. 눈을 떴을 때 그녀는 자신의 배를 내려다보고는 금방 알아차렸다.

역 사람들은 그녀를 '분실물'이라고 부른다. 그리고 그들은 제발 신경 쓰이게 하지 말고 역에서 나가라고 말하러 왔다가도 어느새 그녀를 조심스럽게 부축한다. 그녀가 이렇게 말하기 때문이다, 아세요? 난 지금 애를 가졌어요.

그라탱

양 뒷다리고기와 야채만으론 안 돼, 퍽퍽한데다 볼품도 없을 거야. 자기 말이 백번 옳아. 나는 절대로 양보하지 않겠어. 난 도 피네식 그라탱을 내놓고 싶어. 푼돈 아끼겠다고 그렇게 난리를 치는 것만 봐도 그 집구석이 어떤지 훤해. 더군다나 그 사람 부모는 우리 부모님보다 사람들을 더 많이 초대했어. 그런데 왜 그 집 하객들에게 들어가는 비용까지 우리 엄마아빠가 전부 지불해야 하는 건지 난 도저히 이해할 수가 없어. 신랑 측과 신부 측을 분명하게 구분해서 경비를 따로따로 계산해야 해.

그렇게 하는 게 나한테 도움이 되냐고? 아니, 오히려 시간만 더 빼앗기지. 그런데 그게 다가 아니야, 피로연에 내놓을 포도주랑 안주 때문에 난 정말 그 사람한테 실망했어, 세상에, 프랑슈

콩테산 치즈와 키슈 조각으로 때우려는 거 있지! 자기야, 음식 준비할 때 날 도와줄 거지? 난 자기밖에 믿을 사람이 없어, 자기도 알지?

내가 청혼을 받아들이고 나서부터 그이는 툭하면 날 화나게 만들어. 하긴, 청혼할 때도 그랬어! 어느 날 그 사람이 나보고 옹플뢰르로 주말여행을 가자고 하더라구, 난 당연히 그이가 그곳에서 내게 청혼할 거라고 생각했지. 하지만 아무리 기다려도 그럴 낌새조차 보이지 않는 거야. 그래서 기다리다 못해 내가 넌지시 말해줬지, 나에게 주말을 함께 보내자고 말해준 건 정말 고마운 일이지만, 여기까지 왔으면 나한테 무슨 말을 해줘야 하는 거 아니냐고 말이야. 하지만 그이는 내가 왜 그런 말을 하는지 감조차 잡지 못하고 얼빠진 얼굴로 한참 동안 머리를 굴리고 있지 뭐야? 결국 내가 울음보를 터뜨리고 나서야 간신히 상황을 파악하더군. 하지만 난 뭔가 원하는 게 있을 때마다 눈물을 이용해서 얻어내려드는 그런 여자는 아니야, 안 그래? 어떤 여자들은 복이 많아 백마 탄 왕자님을 척척 잘도 만나건만, 난 왜 이 모양일까! 그인 내가 일일이 설명을 해주고 가르쳐줘야 겨우 말귀를 알아들어. 가끔은 꽃을 선물하라느니, 특별한 날이 아니라도 그냥 선물을 하라느니. 사사건건 옆구리 찔러 절 받는 건 이제

진절머리가 나. 나는 정말로 뮤즈처럼 사랑스럽고 상냥한 여자가 되고 싶었어, 그런데 지금 내 꼴을 봐, 완전히 욕구불만에 사로잡혀 히스테리를 부리는 여자처럼 보이잖아, 이건 순전히 그 사람 때문이야!

그 사람 엄만 정말 촌스럽게 옷을 입어. 게다가 모자라면 질색을 해. 난 정말 어떻게 해야 좋을지 모르겠어. 내가 많은 걸 바라는 것도 아니야, 그냥 사람들 눈에 튀지 않게 최소한의 예의 정도는 갖춰줬으면 좋겠다는 건데. 어쨌든 그 사람 엄마는 그렇다 쳐, 그 사람 아버지는 또 어떤 줄 알아? 좀 반듯하게 입고 다니면 어디가 덧나? 지난 토요일에 결혼식에 쓸 꽃을 주문하려고 그 사람 아버지와 꽃가게에서 만나기로 했거든, 그런데 우리 앞에 떡하니 나타난 그 사람 아버지를 보고 엄마랑 난 기절초풍했지 뭐야. 하고 있는 꼬락서니가 새우잡이 배에서 금방 내린 어부 같더라니까? 엄마와 난 우스워 죽는 줄 알았어. 그런 사람들의 아들과 결혼해주다니, 내가 생각해도 난 정말 너무 착해. 만약에 그 사람이 이전 약혼녀랑 그대로 결혼해서 살았더라면, 아마 그 꾀죄죄한 적갈색 양복에 물결무늬 넥타이를 지금도 계속 매고 다녔을 거야. 내 덕에 그인 정말 용 된 거지. 지금은 어디다 내놔도 빠지지 않을 만큼 번듯하잖아? 내가 그 사람을 완전히 업그

레이드 시켜줬어. 그 촌스러운 집구석에서 평생 그 모양 그 꼴로
살아갈 걸 내가 구해준 거라구. 그 때문에라도 난 절대로 물러설
수가 없어. 굳이 깍지강낭콩 요리를 내놓겠다면 최고급 레스토
랑에서 하는 것처럼 깔끔하고 세련되게 묶어서 내놓아야만 해.
되는대로 지저분하게 내놓는 건 절대로 허락 못 해. 그리고 도피
네식 그라탱은 무슨 일이 있어도 반드시 내놔야 해. 그 두 가지
만큼은 절대 양보 못 해. 우린 절대로 시골뜨기가 아니라구!

　그이는 음식에다 돼지비계를 쓰자고 말했어. 자기 생각은 어
때? 돼지비계는 안 돼. 돼지비계를 쓰면 음식이 얼마나 느끼해
지는데. 게다가 돼지비계가 들어간 음식은 보기에도 지저분하고
싸구려 티가 나. 그것보다 촌스러운 음식이 어디 있어? 라드(돼
지 기름)라면 뭐, 그런대로 괜찮겠지만. 아 참! 자기한테 그라탱
에 마늘을 넣지 말라고 부탁하는 걸 깜빡할 뻔했다! 생각만 해
도 끔찍해! 마늘은 하늘이 두 쪽 난다 해도 넣지 마! 맛이 없어
도 상관없어! 뭐라고 토 달지 마! 아무 말도 듣고 싶지 않으니
까! 그냥 입 닥치고 있어! 마늘을 넣다니! 아코디언이건 스타킹
밴드건 넣고 싶은 건 뭐든지 다 넣어! 하지만 마늘만큼은 절대
로 안 돼! 마늘을 꼭 넣고 싶으면 차라리 염교를 넣어. 난 마늘
이 너무 싫어, 무조건 싫어!

웨딩 케이크에 샴페인이랑 작고 심플한 쿠키와 셔벗을 함께 내놓으면 좋을 것 같아. 자기 생각은 어때? 아이, 가만히 좀 있어, 자긴 요리엔 전혀 관심이 없고 정신이 온통 딴 데 가 있구나! 아, 가슴은 만지지 마, 우린 지금 의논을 하고 있잖아, 좀 진지해져봐. 가슴에서 손 떼라니까, 그렇다고 엉덩이를 만지라는 이야기가 아니야. 고용인이면 고용인답게 굴라구! 난 결혼 준비 때문에 완전히 지쳤어. 여기 말고 다른 데로 가면 안 돼? 비어 있는 방 같은 거 없어? 이 포마이카 테이블 위에서 그냥 하자고? 여긴 너무 차가워. 그리고 등이 배겨서 아프단 말이야.

그 사람 엄마는 뭐든 크고 요란하기만 하면 최곤 줄 알아. 잔칫상에는 귀엽고 세련된 것보단 무조건 큰 게 어울린다고 생각하지. 어쩜 그렇게 촌스러울 수 있을까! 그런데도 내 약혼자라는 사람은 그런 건 전혀 문제가 안 된다고 생각해. 아니, 오히려 세련된 게 뭔지 자기가 더 잘 알고 있는 것처럼 행동한다니까? 정말 웃기지도 않아. 자기가 트뤼핀*이랑 말린 버찌, 오렌지 생선초밥이 좋을 것 같다고 말했을 때 그 사람 표정 봤어? 그런 것쯤은 다 알고 있다는 듯한 그 표정 말이야. 하지만 그 사람은 그

---

*초콜릿을 입힌 후 카카오를 뿌린 아몬드.

게 뭔지 하나도 몰라, 그 사람이 아는 거라고는 카롤린*하고 슈케트**뿐이지. 그런데도 그이는 요리사인 자기한테 요리에 대해 한 수 가르쳐주고 싶어할걸?

그래도 반지만큼은 내 뜻대로 할 수 있어서 정말 다행이야. 귀에놀레라는 그 사람 고모가 물려준 그 구닥다리 루비 반지를 그대로 끼고 결혼하느니 차라리 반지 없이 결혼하는 게 나아. 반지도 없이 결혼하는 건 물론 슬픈 일이겠지만. 그래도 그 반지는 정말 싫어, 불길한 징조 같거든, 그걸 끼고 결혼하면 내 앞날이 구질구질하고 불행해질 것 같단 말이야. 그래서 세팅을 새로 했어. 보석도 몇 개 더 박아넣고. 뭐, 그이도 돈을 내면서 특별히 불만을 표시하지는 않더라구. 하기야 그이가 조금이라도 기분 나빠하는 눈치를 보였더라면, 우리 부모님이 그 자리에서 당장 지갑을 꺼내셨을 거야, 우리 부모님은 예의가 뭔지 잘 알고 계시는 분들이니까. 우리 엄마아빠는 요즘 세상에서는 찾아보기 힘들 만큼 양심적이고 선량한 분들이셔. 자기도 알 거야, 자기가 내민 견적서를 보고도 우리 엄마아빠 군말 한마디 없으셨잖아?

---

* 청어, 계란, 버터, 파슬리 가루 등을 이용해 만든 패이스트리로 대표적 서민 음식.

** 오후 간식으로 널리 애용되는 작고 둥근 모양의 빵.

심지어 포도주 가격에 대해서도 말씀 한마디 안 하시고 그대로 계산해주셨어, 그때 자기도 우리 엄마아빠가 어떤 분들인지 단번에 알아봤지? 아, 그 사람 엄마가 조금만 더 교양 있게 행동하고, 체중을 팔 킬로 정도만이라도 줄이고, 자세를 좀더 바르게 하고, 조금만 조용조용 말한다면 얼마나 좋을까. 우리 엄만 결혼식이 진행되는 동안 메루토 박사가 쓸데없이 문제를 일으키지 않도록 옆에 사람들을 붙여놓고 각별히 신경을 쓰겠다고 나에게 약속하셨어. 사실 난 병원에 갈 때도 항상 완전무결하게 준비를 갖추고 가. 속옷까지도 다림질해 입으니까. 언제라도 문을 열고 받아들일 수 있도록 블라우스 아래를 완벽하게 준비해놓고 싶어. 그래서 결혼식 날에도 모든 게 완벽하고 깔끔하게 진행될 수 있도록 엄마가 도와줬으면 좋겠어. 엄만 축가를 부를 때나 축배를 들 때 분위기가 경박해지지 않도록 알아서 잘 이끌어주실 거야. 그리고 난 아빠에게 그 사람 아버지보다 축사를 먼저 하지 말라고 부탁해뒀어, 아빠가 멋들어진 축사를 먼저 하고 나면 그 사람 아버지가 하는 축사는 보나 마나 빛을 잃게 될 테니까. 난 그 사람 아버지의 썰렁한 유머가 너무 싫어, 솔직히 아무도 반응을 보이지 않으면 결국에는 분위기 파악을 하겠지. 자기 때문에 얼마나 썰렁해졌는지 말이야. 하긴, 듣는 사람들에 따라 반응이 다를 수도 있을 거야. 그 집안에서 초대한 손님들은 그런 유머를 재미있다고 생각할지도 모르지. 사람마다 취향이 다른데다, 끼리끼리 어울려 노는 법이니까!

어쨌든, 모자 때문에 정말 미치고 팔짝 뛰겠어. 안 봐도 뻔해, 내 약혼자는 분명히 고집을 부릴 거야. 물론 다른 문제들에 비한다면 그건 그렇게 대수롭지도 않지만. 그렇다 해도, 신랑 어머니라는 사람이 모자도 쓰지 않고 성당 안으로 들어오면 그이 체면이 뭐가 되겠어? 그런데도 그이는 그런 건 별로 중요하지 않다고 해. 그게 중요하지 않다면, 그 사람한테는 도대체 뭐가 중요한 걸까? 그래도 신혼여행 생각을 하면 정말 신나. 하지만 신혼여행을 가려면 결혼식부터 무사히 마쳐야 하잖아? 그 사람은 신혼여행지로 스코틀랜드를 택했어, 여하튼 신혼여행을 간다고 하니 고마운 일이지. 그 사람은 나에게 유령이 나오는 성과 삐걱거리는 마룻바닥 얘기를 해줬어. 빌어먹을. 그곳은 일 년 내내 비가 와. 난 따뜻한 햇살 아래에서 일광욕을 즐기고 싶은데, 난 그럴 만한 자격이 있다구. 그래 계속해, 위쪽으로 다시 올라와, 그래, 바로 그거야, 아주 좋아.

그이는 나더러 지나치게 긴장한다고 말해. 당연하지! 결혼 준비를 도맡아하는 사람이 누군데? 이런저런 아이디어들을 짜내고 바쁘게 뛰어다니느라 난 완전히 녹초가 됐어. 하지만 그 사람은, 아무것도 안 해. 그런데도 내가 피로연 테이블에 정성스럽게 붙여놓은 이름표들을 보더니 픽 하고 웃더라? 정말 뻔뻔스러워. 우리 엄만 내가 테이블 세팅을 아주 멋지게 해놓을 거라고 굳게 믿고 계셔. 그래서 나는 그 테이블들에 이름을 붙여놓을 생각을 한 거야. 기혼자용 테이블에는 '꿈', 아이들의 테이블에는 '해바라기', 노인들을 위한 테이블에는 '폭풍우'. 그런데 그 사람이 그 이름들을 보고 뭐랬는지 알아? 이름들이 왜 그 모양이야? 차라리 전쟁 이름을 붙이는 게 어때? 아니면 자동차 이름을 붙이든지? 그렇게 무례한 말을 하면서 날 비웃다니! 어머, 그거 좋은 생각이네요! 당신은 정말 뛰어난 지성과 고상한 취향을 가졌군요. 진작 당신한테 물어볼걸. 하지만 난 전쟁이나 자동차 이름 같은 건 잘 모르니까, 다른 걸 생각해봐요. 난 그렇게 말해줬지. 그럼 향신료 이름들을 붙여. 당신도 언젠가는 훌륭한 요리사가 될 거 아냐. 그이가 갑자기 귀찮다는 듯 그렇게 퉁명스럽게 말을 내뱉으며 심통을 부려도 난 모르는 척 눈감아주면서 그 말대로 고분고분 따르려 했지. 계피, 파프리카, 커민…… 늦기 전에 이름표를 새로 붙이라고 해야겠어요. 그런데 그 인간은 능글맞게도 이렇게 말하는 거야! 내 말에 신경쓰지 마, 그냥 농담으로 한 말이니까.

정말 화가 나서 미칠 것 같아. 그 인간은 피부 관리도 전혀 하지 않아, 그리고 돼지고기를 마구 먹어대. 난 결혼식 날 예쁘게 보이려고 물 한모금도 조심해가면서 마시고 있는데. 난 결혼을 하게 되면 저기서 머리를 해야지 하고 미리 점찍어둔 미용실이 두 군데 있었어, 하지만 결국 마음을 바꿔 집으로 출장 미용사를 부르기로 했어, 그날 하루 종일 날 따라다니면서 머리랑 화장을 손봐주고 우리 엄마아빠의 머리도 만져줄 미용사가 필요할 테니까. 그래, 더 세게, 계속해. 하지만 사정은 하지 마, 지금이 배란기라서 자칫하다간 임신하게 될지도 몰라. 난 메이크업도 최고에게 맡길 거야. 하지만 그 사람 코에 난 여드름만 생각하면 울화통이 터져. 그 마늘쪽으로 뭐 하는 거야, 하지 마! 자기, 너무 심술궂다.

이젠 내가 왜 결혼을 하는지도 모르겠어. 자기야, 내 말 듣고 있는 거야? 마늘 치우라니까? 내가 그라탱인 줄 알아? 그라탱을 만들려면 아직 열이틀이나 남았어! 알겠어? 자기가 데려온 사람들이 테이블 사이를 돌아다니면서 바쁘게 일하고 있을 때 내가 자기한테 신호를 보낼게. 일하는 사람들은 몇 명이나 데려올 생각이야? 돈 아끼려고 사람 수 줄일 생각은 하지 마. 서빙하는 사람들이 많아야 분위기가 사니까. 난 품위 있고 고급스러운 분위기를 연출하고 싶어. 마늘 가지고 장난치지 말라니까! 따끔거린단 말이야, 그리고 거기에 마늘 냄새가 배면 어떻게 해! 그래도 자길 만나서 정말 다행이야! 트럭에 씌어 있는 자기 이름을 발견한 건 바로 우리 엄마야. 안 돼! 멈춰. 화끈거리는 게 불에 덴 것 같아. 자기, 미쳤어? 그걸 안에 집어넣으면 어떻게 해! 당장 빼내! 안 그러면 나 때문에 그이가 진땀을 흘릴 거야! 마늘 때문에 진땀을 뺄 거라구!

조심해, 응, 계속해봐, 그래 지금 넣어, 아니, 아니, 그래 좋아, 어쨌든 그라탱에는 이걸 절대로 넣으면 안 돼.

절호의 찬스

"좋아, 목욕해, 하지만 빨리 끝내, 당신한테 할 말이 있으니까. 쉬잔, 지금 난 그 문제 때문에 머리가 깨질 것 같아."

"걱정하지 마. 방법이 있을 거야."

"마음 편하게 목욕해, 당신이 목욕하는 동안 난 문 밖에서 이야기할 테니까. 괜찮지?"

"걱정하지 마, 피에르."

"문제는, 이대로 계속 월급쟁이로 살아가다가는 내 회사를 차릴 기회를 영영 놓칠 수도 있다는 거야."

"하지만 사업을 시작했다가 실패하면 어떡하지? 그때는 직장을 새로 구하기도 어려울 텐데……"

"그래, 바로 그거야. 실패할 수도 있다는 거."

"당신, 겁나는구나, 하긴 겁이 나는 게 당연하지……"

"난 회사를 차릴 능력이 충분히 있어, 그렇지만 직장에 계속 다니면서 창업한다는 건 불가능해, 그건 시간 싸움이라구, 두 가지를 동시에 하기에는 시간이 너무 부족해."

"그럼 사표를 던지고 본격적으로 뛰어들어, 어쩌면 지금이 가장 좋은 시기일지도 몰라."

"어쩌면?"

"그걸 알 수 있는 사람은 오직 당신뿐이야. 당신 생각엔 준비가 된 것 같아?"

"모르겠어. 당신 생각은 어때? 내가 준비가 된 것 같아?"

"당신은 오래전부터 그걸 꿈꾸어왔잖아. 당신 회사를 차리고 싶다는……"

"하지만 안전성도 고려하지 않을 수 없어…… 물 좀 잠그면 안 돼? 물소리 때문에 당신 목소리가 잘 안 들려."

"그럼 주말을 이용해서 창업 계획을 차근차근 세워나가면 어떨까? 그렇게 하면 직장도 계속 다닐 수 있고, 체계적인 준비도 할 수 있을 테니까 사업을 시작하기가 훨씬 더 쉬울 거야."

"글쎄, 잘 모르겠어."

"아냐. 내 말 믿어. 아무리 모험에 뛰어든다 해도, 당장 사표를 던지는 것보다는 그 방법이 아무래도 나은 것 같아. 주말을 이용해서 준비를 해나가도 생각보다 일이 빠르게 진척될 거야."

"그럴지도 모르지. 그런데 당신은 왜 '모험'이라고 말하는 거야? 내가 못 미더운 거야?"

"나 지금 물에서 나왔어. 이제 가자."

"휴우, 이제야 끝났군. 당신 정말 확신해?"

"그래, 기회는 바로 지금이야. 이제 옷 입고 출발하면 돼."

"모험이라, 그런데 당신은 모험을 동네 산책 정도로 쉽게 생각하는 것 같군. 여하튼 용기를 북돋아줘서 고마워! 그런데 어떤 식으로 하지? 그냥 사표를 던져버릴까? 아니면 회사에서 날 해고시키도록 만들까?"

"부당 해고 당했다는 구실로 보상금을 받으려고? 그건 정직하지 못해."

"당신 말이 맞아. 하지만 보상금을 받으면 큰 도움이 될 거야."

"당신은 그런 것 없이도 잘해나갈 수 있어."

"그게 그렇게 간단하지가 않아."

"하지만 만약 그렇게 하면 당신은 틀림없이 후회할 거야. 당신은 정직한 사람이니까. 정직하다는 건 결점이 아니야. 조금만 비켜줄래? 옷을 입어야겠어."

"당신은 나보다 나를 더 잘 알고 있군. 정직하게 살면 기분이야 좋겠지, 하지만 그 유혹을 뿌리치는 건 쉬운 일이 아니라구."

"으응, 그래도 유혹은 뿌리칠 수 있어. 피에르, 열쇠 가지고 있어?"

"아니."

"그럼 내가 찾아서 가져갈게. 먼저 나가서 엘리베이터 버튼 좀 눌러봐. 차는 골목 입구에 주차해뒀지?"

"응, 당신이 차 있는 곳까지 걸어와, 괜찮지? 그러면 내가 차를 돌리지 않아도 되니까. 길이 쭉 일방통행이라 차를 돌리려면 너무 힘들어."

"그래, 알았어. 저것 좀 봐, 불빛이 너무 예쁘다."

"난 빨리 결정을 내려야 해. 앞날이 어떻게 될지 모른다는 생각 때문에 돌아버릴 것 같아. 불안해 죽겠다구, 이해하겠어? 내가 어떻게 했으면 좋을지 좀 가르쳐줘, 나에게 빛을 비춰달라고!"

"보름달이야, 정말 신기하네."

"게다가 사표를 내고 나면 당장 회사생활이 그리워질 거야, 그건 확실해."

"이 시간에도 문을 연 카페가 있어……"

"커피 마시고 싶어?"

"아니, 피에르."

"그런데 왜 그런 말을 하는 거야? 당신은 내가 지금 그런 것에 신경쓸 정신이 있다고 생각해? 어쨌든, 무슨 수를 써서라도 사업 자금을 충분히 갖고 시작해야 해, 게다가…… 그래, 그건 정당하지 못한 방법일지도 몰라, 하지만 보상금이라는 게 원래 그런 거 아냐? 안 그래, 쉬잔?"

"기왕 할 거면 확실하게 해."

"그래. 뭐부터 시작할까?"

"트렁크 좀 열어줘. 가방을 실어야겠어."

"왜? 무슨 문제라도 있어?"

"아니. 그런 건 아니지만, 지금은 어쨌든, 가자. 당신이 운전해!"

"싫어, 밤에는. 당신이 운전하면 안 돼?"

"그건 무리야, 피에르."

"알았어, 내가 할게, 하지만 가는 동안 그 문제에 대해 계속 이야기하자."

"그래, 이야기해."

"당신 오빠가 사업을 시작했을 때 말이야, 금방 성공했어?"

"그건 당신 경우와는 완전히 달라, 오빠는 사업이라기보다는 그냥 스포츠용품 가게를 연 것뿐이니까, 당신과 비교할 순 없어. 당신은 당신 분야에서 아주 유능한 사람이잖아. 당신은 성공할 수 있는 조건과 능력을 모두 갖추고 있어, 그러니까 자신감을 가져, 당신은 아무 걱정할 필요 없이 믿을 만한 사람들을 구하기만 하면 돼."

"어디서?"

"좌회전 해."

"당신 말이 맞아, 난 다른 사람들의 도움을 받아야 할 거야. 하지만 그럴 만한 사람들이 누가 있을까?"

"일단 일부터 저질러. 그러면 뭐부터 해야 할지, 어떤 사람이 필요할지 저절로 알게 될 거야. 지금으로서는 뭐가 뭔지 막연한 게 당연해."

"내가 기반을 잡을 때까지 당신 수입만으로 살 수 있을까?"

"잘될 거야. 당신이 확신만 갖고 있으면 아무 문제도 없을 거야. 내가 아무리 확신을 갖고 있어봤자 그게 무슨 소용이야, 당신 스스로가 확신을 가져야지. 운에 맡기고 뛰어들어, 당신은 과감하게 뛰어들어야 해."

"그래도 직장생활을 하는 게 안정적이긴 한데……"

"그건 그렇지."

"하지만 이대로 계속 월급이나 바라보면서 사는 건 정력과 시간 낭비야."

"그것도 맞는 말이야."

"당신 생각은 어때? 직장에 계속 다닐까 아니면 진짜로 모험을 한번 해볼까?"

"모험을 해."

"당신이 그렇게 말해주니까 용기가 생겨, 쉬잔. 하지만 만약 실패하면, 난 직장을 다시 구해야 해, 그렇겠지?"

"속도를 줄여."

"일자리를 나시 구해야 할 거야, 그렇지?"

"좀 천천히 가라니까."

"왜? 내가 너무 앞질러가는 것 같아? 갈피를 못 잡고 허둥댈까봐 그래? 내가 길을 잘못 들게 될까봐?"

"아니. 난 운전 얘길 한 거야."

"왜 멈추라고 한 건데? 다 온 거야?"

"응, 피에르."

"그럼 내려."

"같이 가지 않을 거야?"

"난 주차를 해야지. 이런 젠장! 이중주차할 자리밖에 없잖아. 하긴 지금 시간이라면 뭐 이중주차를 해도 별 문제 없겠지."

"비상 주차공간에다 세워. 우리도 지금 비상사태나 마찬가지잖아. 우린 그럴 자격이 있어."

"괜찮을까? 너무 심한 거 아니야? 이러다가 딱지 떼이는 거아냐?"

"괜찮아, 피에르."

"좋아. 이러면, 대화를 계속할 수 있겠다…… 당신, 왜 몸을 웅크리는 거야, 안 좋아? 아! 안돼, 아직은…… 제발, 조금만 참아!"

"괜찮아. 내 가방 좀 들어줄래?"

"아, 쉬잔! 난 할 수가 없어, 벨도 눌러야지, 차문도 닫아야지, 거기다 가방까지 들라니……"

"알았어. 내가 들고 갈게."

"몇 층이야?"

"지하 일층."

"아무한테도 알리지 않고 곧바로 내려가는 거야? 여긴 아무 때나 마음대로 출입해도 되나보지?"

"일곱시 이전에는 안내창구가 문을 열지 않아. 지하 일층으로 내려가서 인터폰으로 우리가 왔다는 걸 알리면 돼. 여기 사람들이 그렇게 하라고 가르쳐줬어."

"우리? 그런데 난 도대체 어떤 결정을 내려야 할지 모르겠어. 지금 결정을 내리지 못하면 돌아버리고 말 거야. 계속 이렇게 불확실한 상태로 지내는 건 정말 싫어. 이제 신물이 나, 최악이라구."

"꼭 그렇지만도 않은 것 같은데."

"그래? 당신은 이런 상태보다 더 나쁜 게 있다고 생각하는 거야?"

"그래, 아마도. 인생에는 훨씬 더 심각한 문제들이 있어. 게다가 당신에겐 선택의 기회가 아주 많잖아."

"관둬! 나한테 설교 따윈 하려 들지 마!"

"난 단지 그렇게 신세 한탄이나 하고 있다가는 아무것도 하지 못할 거라는 걸 말해주려는 것뿐이야. 내가 당신 사업 계획에 확신을 갖고 있다고 해도 당신에게 이래라 저래라 할 순 없어, 결국 당사자는 당신 자신이니까. 게다가 나는 핸드백 사업에 관해 아는 게 하나도 없거든."

"지갑이야! 좀 신경써서 제대로 말해줘!"

"미안, 웃자고 한 소리였어."

"별로 웃기지 않아, 솔직하게 말해줘, 지금이 기회라고 생각한다면…… 이 기회가 언제까지 계속될까? 주위가 산만해서 차분히 생각하기가 힘들어."

"그러니까 산만한 틈을 이용해서 재빨리 결정해버려! 동전을 던져 결정을 해버리라구!"

"농담하지 마."

"잠깐, 좀 일어나봐, 내가 몸을 펴고 누울 수가 없잖아, 아니, 그대로 내 뒤에 있어. 앉고 싶으면 의자에 앉아. 거기, 발받침에서 당신 외투 좀 치워줘. 내가 발을 올려놓을 수가 없잖아!"

"당신, 화내면 안되는 거 아니야? 그런데 난 어디에 앉지?"

"내 뒤에, 여기로 와, 내 손을 잡아."

"아, 쉬잔! 내가 당신 대신 힘을 주기를 바라는 건 아니겠지? 정신을 집중해…… 발데크, 기억나? 우리 결혼식에 왔었잖아, 우리한테 미리 알리지도 않고 자기 딸을 데리고 불쑥 나타났던 그 사람, 기억나지? 음, 그 사람도 사업을 시작했어. 어느 날 갑자기."

"그 사람에겐 그때가 바로 절호의 찬스였어."

"그래, 하지만 난? 지금이 바로 그 순간인지 아닌지 어떻게 알 수 있을까?"

"그건 제가 알려드리죠, 선생님, 너무 불안해하실 필요 없어요." 산파가 말한다. "직접 자르실 거죠, 그렇죠?"

"자르다니, 뭘?"

천장에 매달린 거미*

그는 내 귓가에 바람 소리를 내고 있었다. 그는 바퀴벌레, 파리, 꿀벌을 내쫓고 내가 두려워하는 것들을 향해 호통을 치면서 나의 두려움을 진정시켜주었다. 나는 그에게 학교로 데리러 와달라고 부탁했고, 그는 저 아래 운동장에서 날 기다리고 있었다. 우리는 함께 거닐었다. 우리는 성당들과 에움길 그리고 들판을 좋아했다. 집이 북적댈 때면 우리는 사람들을 피해 어디든 멀리 달아나, 아무도 찾지 못하는 곳에 꼭꼭 숨어서 이런저런 이야기, 실제로 있었던 이야기나 지어낸 이야기를 나누거나 조용히 침묵하면서 마음의 평화를 되찾았다. 나는 다섯 살, 열 살이었고, 나

---

* '머리가 약간 돈'이라는 의미로 쓰이는 관용구이기도 하다.

이를 계산하는 건 그였다.

열다섯 살 때 나는 다른 남자들, 더 젊고 새로운 남자들에게로
갔다. 온갖 부류의 연인들, 거짓말쟁이들, 부드러운 남자들, 난
폭한 남자들, 열정적인 남자들, 권태로운 남자들, 나는 그 남자
들로 나를 단련시켰다. 나는 그들을 차버리거나 꼼짝 못하게 휘
어잡았다. 나는 바로 그런 인생을 살았다, 망설이거나, 선택하거
나 선택 당하는 여자의 삶을. 나는 그들 중에서 적어도 한 명은
사랑했다.

그리고 스물다섯 살이 되었을 때, 나는 그 남자가 바로 그였다
는 것을 깨달았다. 이미 오 년 전에 그는 자기 아내를 떠났다. 모
든 게 깔끔해졌다.

그의 아내는 나에게 그에 대해 말했다, 키만 멀대같이 큰 그
빌어먹을 자식, 그녀를 늙은 퇴물로 만들어놓고 떠나버린 그 비
열한 사내. 나는 그를 변호했다. 그녀는 열에 들떠 끈질기게 물
고 늘어졌다. 거리에서 그를 봤어, 그렇게 창피한 일이 또 있을
까, 그 나이에 글쎄, 새파랗게 어린 계집애를 옆에 끼고 있더라
구. 계집애의 허리를 껴안고, 손을 잡고, 입을 맞추더라니까.

여름이었다. 그는 산책을 하고 있었고, 나는 그의 뒤를 따라가

고 있었다. 우리는 집에서 점점 더 멀어져갔다. 나는 집에서 나는 소리들, 부모님, 친구들, 정원의 공, 농익은 무화과 냄새, 자두 잼보다 그의 목소리를 더 좋아했다. 나는 도로의 먼지를 더 좋아했고, 태양을 더 좋아했다. 태양은 우리 사이를 더 가깝게 만들어주었다. 나는 햇빛 때문에 그의 그림자 속에 바짝 들러붙어 있었다. 우리는 걸었다, 오랫동안, 빠른 걸음으로. 우리는 해가 다 지고 나서야 집으로 돌아갔다. 그러면 모두가 말했다, 어머, 저 두 사람 좀 봐! 둘이 함께 있는 모습이 정말 보기 좋아! 꼭 연인들 같아. 그의 아내는 우리를 보고 미소를 지었다.

그는 오랫동안 싸웠고, 나의 공격을 무시했고, 나의 시선을 외면했고, 테이블 아래에서 내 손을 뿌리쳤고, 내 발이 그의 발에 닿는 것을 거부했다. 한동안 그는 나를 보려고도 하지 않았다. 나는 자주 그가 얼굴을 붉히게 했고, 내 엉덩이를 보지 않기 위해 자기 구두코를 내려다보지 않으면 안 되게 만들었고, 더는 나와 눈을 마주치지 않기 위해 아내를 찬미하게 만들었다. 나는 그에게 신음 소리 비슷한 말들을 속삭였다. 잘 들리지 않는 그의 대답을 듣기 위해, 그리고 그 대답과 함께 따라오는 향긋한 숨결을 느끼기 위해. 나는 내 작은 손바닥을 가리개처럼 세우고 그 뒤에서 우리의 호흡을 뒤섞었고, 그러면 그의 힘센 손이 우리의 얼굴을 가리고 있는 내 손을 치우러 왔다, 마치 우리의 입술들이 아주 가까이에 있다는 걸 그녀에게 더 잘 보여주려는 것처럼.

　그와 내가 처음으로 육체관계를 맺었을 때, 그는 내내 눈을 감고 있었다. 바로 옆방에서는 아이들이 질러대는 고함 소리가 들려오고 있었다. 그리고 그의 아내는 우리를 부르고 있었다. 어디 간 거야 두 사람? 식탁 다 차려놨어, 빨리 와! 저녁 먹어야지! 할 수 없군, 우리끼리 먼저 먹자!
　그리고 우리는 사랑을 나누었다, 이번에는 눈을 뜬 채로. 그는 나에게 즐기라고 애원했다. 나를 자기 위에 올려놓으면서 제발 부탁이야, 라고 말했다. 나는 그의 몸 아래로 미끄러지듯 들어가서 그의 목을 깨물고, 그의 얼굴과 눈썹과 눈꺼풀을 핥았다. 그의 아내는 수프를 뜨고 있었다. 그리고 우리, 우리는 울부짖고 있었다.

　이튿날, 회사에서 어떤 문제가 그를 기다리고 있었다. 그는 떠났다. 그의 바캉스는 끝났다. 나는 그에게 전화를 걸려 했다. 그냥 일하게 놔둬, 갑자기 정신이 좀 나가버린 그의 아내가 말했다, 넌 그 사람한테 무슨 할 얘기가 그렇게 많은 거니?
　어느 날 저녁, 그는 나에게 말하고 싶어했다. 우리 사이에 있었던 일에 대해 더는 생각하지 말아야 한다고. 비극적이고, 불가능한, 미친 짓, 경멸스럽고, 더럽고, 역겨운 짓, 그리고 연이은 온갖 단어들. 그는 말했다, 난 후회하고 있어, 그리고 난, 아 아 니, 조용히 해, 그걸 원했던 건 바로 나였어.

그 모든 세월 동안 나의 유일한 두려움, 그것은 그가 어느 날 갑자기 어떤 골목에서, 그의 창에서 스스로 목숨을 끊을지도 모 른다는 것이었다. 나는 기다리기로 했다, 바캉스를 보낸 그 집에 서, 그때부터 그는 해가 뜰 때부터 질 때까지 아내 옆에 바싹 붙 어 있었다. 나는 그가 하는 행동을 지켜보았다. 그의 아내는 불 안해했다. 산책이라도 가, 그녀가 말했다, 그렇게 내 꽁무니만 따라다니지 말고, 꼭 늙은 개 같아, 자, 가서 과일이라도 따와!

그는 달려나갔다. 나는 그 자리에 그대로 있었다, 그의 머릿속 에서 무르익은 생각과 맞닥뜨리고 싶지 않아서. 그는 열에 들뜬 얼굴로 뒤를 돌아보았다. 그는 내가 자기를 따라올 거라고 생각 했다. 나는 창가에서 옷을 벗었다. 그리고 발가벗고 서서 그가 눈을 들어 내 쪽을 보게 만들었다. 나는 그의 입술 사이에 놓인 한 알의 오디를 상상하고 있었다. 오디는 그의 이를 새까맣게 물 들였다. 나는 그가 벗어놓은 옷가지들 사이로 들어가, 그 속에 코를 묻었다. 그리고 혼자서 웃었다, 나를 발견하고 충격에 휩싸 일 그의 아내를 상상하면서.

어느 날 저녁, 그의 아내가 말했다. 얘, 우리가 그를 만나봐도 되겠니? 네가 숨겨놓고 있는 그 녀석 말이다. 넌 그 남자를 무슨 보물단지라도 되는 것처럼 꼭꼭 숨겨놓고 있지만, 염려 마, 아무도 빼앗아가지 않을 테니까! 아님 우리한테 소개하기가 창피해서 그러는 거니? 우리 마음을 이해하지 못하겠니? 우린 정말 궁금하단 말이야! 그때 나는 내 남자가 무너질 듯 휘청하는 걸 보았다. 그는 식탁에서 떠났다. 그는 자기 아내를 떠났다. 하지만 나는 아무것도 묻지 않았다.

그는 혼자 살았다, 그녀와 멀리 떨어져서, 나와 멀리 떨어져서. 그녀는 그의 소식을 들으려고 사방으로 수소문했다. 하지만 나는, 나는 그럴 용기가 없었다. 그러던 어느 날, 그가 내 손에 어떤 집 열쇠를 쥐여주며 '와' 라고 말했다.

그후로 나는 그와 함께 살고 있다. 그는 나의 약혼자다. 그의 아내는 우리가 사는 곳으로 이따금 점심을 먹으러 온다, 그가 일하러 나가고 없는 동안. 그녀는 내가 여기서 누군가와 함께 살고 있는 거냐고 묻는다. 나는 대답하지 않는다. 그녀는 늙어가고 있다, 슬픈 일이다. 남자 없이 사는 것이 그녀를 고갈시킨다. 그녀는 나에게 그 어린 계집애에 대해 말한다, 그녀가 말하는 바에 따르면 '네 아버지의 그 어린 계집애'. 그녀는 저주한다. 또 그를 봤어, 거리에서, 도대체 무슨 창피냐, 그 나이에 새파랗게 어린 계집애와 팔짱을 끼고 돌아다니다니!

그 말을 하면서 그녀는 생기를 되찾는다. 그녀는 그에 대한 말밖에 하지 않는다.

게다가 그 계집애가 널 닮았더라! 그가 너한테 뭔가 말한 거 없어? 그 두 사람, 아이를 낳을 거래? 말 좀 해봐!

우린 정말 그러고 싶어, 엄마.

한없는 관용

    내 남편은 바보다. 나는 그의 바보스러움을 일종의 모욕으로 여기고, 그와 함께하는 외출을 일종의 시련으로 생각한다. 극장에서 그는 모자 쓴 사람 뒤에 앉지 않았다고 기뻐하고, 레스토랑에서는 흡연자 옆에 앉지 않은 것을 기뻐한다. 오페라를 보러 가서는 오케스트라 지휘자가 땀을 흘리고 있는지를 궁금해한다. 그러면 나는 한술 더 떠서, 저 지휘자는 지금 땀을 뻘뻘 흘리면서 근육을 단련시키고 있어, 라고 말한다. 남편은 텔레비전 시사토론 프로그램을 보다가 갑자기 배꼽이 빠질 것처럼 웃어댄다. 왜 그러느냐고 물으면 그는 이렇게 대답한다, 저 사람 머리 좀 봐! 자루 달린 솔 같아! 그러면 이번엔 내가 미친 듯이 웃어댄다. 이쯤 되면 이성적인 사고는 불가능하다.

그는 바보 같은 말들을 내뱉고, 나는 그것들을 꿀꺽꿀꺽 삼킨다. 그를 꾸짖거나 충격을 줘서 바보 같은 짓거리를 더는 하지 못하게 막아야 마땅하지만, 나는 언제나 그의 그런 짓거리에 동참하고 만다. 왜 자꾸 말려드는 건지 나 자신도 알 수가 없다. 대로까지 심백팔십 걸음? 와! 그것보다 훨씬 적을 것 같았는데. 석달 사이에 기온차가 삼십일 도나 돼? 전철역의 계단 수가 생각했던 대로 아흔 개가 아니라 아흔한 개라고? 나는 마치 그가 방금 전기를 발명하기라도 한 것처럼 깜짝 놀라고 감격한 척하면서 엄청난 관심을 표시한다. 아니 그것도 모자라, 그에게 어려운 문제를 내보라고까지 한다. 일 데카리터는 몇 파운드일까, 피트로는 얼마나 될까? 우리는 꽤나 심각한 상태에 이르러 있다.

"이건 어디나 가져갈 수 있어, 껍질이 내용물을 보호해주니까, 그러므로 사과는 완전한 과일이야." 남편은 그처럼 대단한 걸 발견한 자신이 자랑스럽다는 듯이 고개를 주억거리며 설명한다.

"바나나는 그것보다 훨씬 더 완벽한 과일이야!" 나는 생기 넘치는 목소리로 신이 나서 말한다. "껍질이 더 두꺼운데다 칼 없이도 벗길 수 있잖아!"

나는 공모자가 된다. 남편은 한순간 멍청한 표정을 짓다가 이내 미소를 지으며 아주 만족스러워한다. 와, 그걸 미처 생각하지 못했네!

"그리고 리치도 있어, 그것도 껍질 벗기기가 쉬워. 하지만 가방이나 주머니에 넣고 다닐 수는 없지, 금방 물러터지니까."

　가끔씩 그가 어떤 사고를 당한 적이 있는 게 아닌가 하는 생각이 든다. 내가 전혀 모르는 모종의 사고를. 어쩌면 전신주에 부딪쳐서 감전이 되었을지도 모른다. 그런데 그 사실을 아무도 모르고 그냥 넘어간 거다. 그 자신조차 그 사실을 전혀 기억하지 못한다. 그리고 그 사고 때문에 그는 감쪽같이 바보가 된 것이다…… 그가 정말로 백치처럼 구는 날이면 나는 그에게 묻는다, 아무 문제 없냐고, 정말 괜찮으냐고. 그러면 그는 '괜찮해'라고 대답한다. 나는 그에게 비타민을 먹여보려고도 했다, 그의 사고 체계가 약간이나마 활성화되기를 기대하면서. 하지만 그는 인상을 쓰며 완강하게 도리질했다. 그래서 결국 내가 대신 먹고 있다. 나는 내 지적 수준을 유지하고 싶다. 하지만 요구르트를 별로 먹지 않는 사람들에게는 스물네 개짜리 묶음보다 두 개짜리 묶음을 구입하는 게 훨씬 더 경제적이라는 사실을 발견하고는 흥분해 날뛰는 남자와 같이 살면서 높은 지적 수준을 유지하기란 쉬운 일이 아니다. 나는 그로 하여금 뭔가에, 가령 음악에 관심을 갖게 하려고 노력해보기도 했다. 하지만 고전음악은 그에게 수면제나 다름없다. 게다가 서정적인 것들은 괜히 사람 기분을 우울하게 만든다며 그는 투덜댄다.

그는 논리에 아주 강하다. 뭐든 딱딱 끼워맞추는 것만큼은 그를 따라올 사람이 없다, 그건 인정해줘야 한다. 그의 그런 능력은 가구 같은 것들을 조립할 때 빛을 발한다. 하지만 우리집에는 이제 가구가 필요 없다. 가구 대신 비행기나 선박 모형 같은 걸 조립하게 하면 어떨까 생각해보기도 했다. 하지만 불행하게도 우리집에는 그런 것들을 만들어 전시해놓을 공간이 없다. 퍼즐은? 사방에 흩어져 뒹구는 퍼즐 조각들 때문에 내가 하루 종일 힘들게 일해야 할 위험이 있다. 가뜩이나 움직이는 게 힘들고 만사가 귀찮아진 나이에, 집안 곳곳에 그가 어질러놓은 퍼즐 조각들을 주우려고 새삼스럽게 허리를 굽히고 다니고 싶지는 않다. 레고 역시 마찬가지다, 다행히 우리에게는 아이들이 없다. 남편 하나 돌보는 것만으로도 벅찼기 때문에 아이를 가진다는 건 생각조차 해본 적이 없다.

얼마 전에도 남편이 새로운 발명품이라고 사온 욕실 세제를 보고 나는 남편과 똑같이 기뻐서 펄쩍펄쩍 뛰었다. 내가 미쳐가고 있는 것 같았다. 그리고 남편의 백치 증세가 내게 전염된 것 같아 억울했다. 남편은 제품에 대해 설명하면서 그걸로 욕실 세면기를 문질러 닦기 시작했다. 그는 나의 불안 따위는 아랑곳하지도 않고, 손에 작은 행주를 들고 세면대를 문지르면서 '빡빡 문질러'의 사용설명서를 계속 읽어나갔다.

"어라, 세면기 표면에 이상한 막이 생기는데?"

"빨리 씻어내!"

"어? 잘 안 되네. 아무리 해도 안 돼. 끈적끈적한 게 들러붙어 버리는데?"

"물을 뿌리면서 계속 닦아봐!"

"이러다 에나멜이 벗겨지겠는걸! 어, 광택이 사라졌어! 어쩌지? 이제 다시는 이전처럼 되지 않을 거야! 새로 나온 '빡빡 문질러'는 옛날 '빡빡 문질러'와 완전히 달라!"

"그래? 그럼 그 두 개가 전혀 다른 제품이란 말이야?"

"당신 내 말을 귀로 듣는 거야, 발로 듣는 거야? 성분이 달라졌다니까!"

나는 결단을 내리기로 마음먹는다. 이대로 계속 살 것인가 아니면 그를 떠날 것인가? 그를 변화시킬 것인가 아니면 내가 길들여질 것인가? 어떤 것을 선택하든 반드시 효과가 있어야 한다. 나는 무작정 앉아서 기다리기만 하는 부류가 절대로 아니며 책임감이 강하고 열정적인 사람이기 때문에, 인성개발 카운슬러를 찾아가 조언을 구하기로 결심한다. 아직도 남편을 사랑하십니까? 카운슬러가 묻는다. 글쎄요, 아마도 약간은. 하지만 두려워요, 그를 만난 후로 내가 점점 더 바보가 되어가는 것 같아서요, 나는 카운슬러에게 말한다. 당신 문제는 바로 그거군요! 카운슬러가 말한다. 그를 사랑하세요, 자신을 사랑하세요, 세상을 사랑하세요, 그러면 그들 역시 당신을 사랑할 겁니다. 그리고 날 킴이라고 부르세요, 그게 내 성입니다.

어떤 만남들은 인생을 완전히 뒤바꾸어놓는다. 나는 킴 덕분에 구원을 받았다. 나는 '한없는 관용'이라는 수련과정에 등록하여 사흘간 교육을 받았다. 그리고 그 과정에 이어 '긍정의 힘'과 '무아지경과 심연'이라는 수련과정도 차례로 거쳤다. 나는 이전과 다르게 처신하기로 결심한다. 수련과정을 밟을 때마다 나는 매번 또다른 여자로 새롭게 태어난다. 누가 뭐래도 상담은 확실히 유익하다. 나는 출구를 발견하고, 산소요법에서 희망을 발견하고, 내용물을 덮고 있는 껍데기, '아니오'의 힘, 표면적 현상과 진정한 실체, 그리고 특히 가능성에의 도취를 터득한다. 요즘 나는 저녁 수업을 받고 있다. '타자에 대한 사랑, 자아의 즐거움'이라는 수련과정이다. 그리고 킴의 아내가 추천한 동양 사상을 접목한 치료법을 새롭게 병행한 덕분에, 단계들을 초고속으로 통과하고 있다. 내 남편은 하나의 인격체다, 그리고 나는 남편보다 우월하지 않다. 인식이 나를 억압하지만 언젠가 그 모든 것은 덧없이 사라지고 나라는 존재는 한낱 영혼에 지나지 않게 될 것이다. 어떤 식으로 말을 하든, 어떤 생각을 하든 간에, 중요한 건 사랑하는 것이다. 나는 그동안 나 자신이 남편보다 잘났다고 자부해왔다. 하지만 이제 나는 안다, 나라는 존재는 한 점 바람에 지나지 않는다는 것을.

남편의 생일을 위해 아주 멋진 선물을 준비했다. 백화점 상품권. 그리고 나는 진정한 보상을 받았다. 그는 상품권으로 책을 한 권 샀다. 그리고 그가 그 책을 읽었다는 걸 확인했을 때, 나는 나 자신이 오랫동안 방법론적인 오류를 범해왔다는 것을 확실하게 깨달았다. 그에게 많은 걸 기대하기만 했을 뿐, 그를 제대로 이끌어주지 않았던 것이다. 그가 진정한 자신의 길을 찾아 혼자 힘으로 나아갈 수 있도록 옆에서 도와줘야 했는데 말이다. 그리고 나는 아홉 살부터 열네 살까지의 아이들을 위한 '소름' 시리즈가 아주 잘 만들어졌다는 것을 인정하지 않을 수 없다. 더군다나 그 시리즈는 많은 문제아들을 독서의 세계로 이끌고 있다고 하지 않는가? 실제로, 그 시리즈 중 하나인 『유령 들린 산』 덕분에 우리는 비로소 진정한 대화를 나눌 수 있게 되었다. 책을 다 읽자마자, 남편은 당혹스러운 표정으로 내게 물었다, 책 제목을 왜 이런 식으로 붙인 걸까? 제목이 내용과 거리가 멀어도 너무 멀어, 아무리 뒤져봐도 유령은커녕 유령 비슷한 것도 안 나오잖아. 그의 말이 백번 옳다! 나는 그가 뭔가에 궁금증을 가질 때가 참 좋다. 그가 마침내 뭔가에 대해 의문을 갖고 질문을 했다는 게 정말 대견스럽고 기쁘다. 우리는 함께 편집자에게 몇 가지 설명을 요구하는 편지를 쓰기로 했다. 나는 개인적으로 『푸른 엘프와 짚으로 만든 중국인』을 이해하기가 아주 어려웠다. 그리고 그 두 등장인물이 실제로 존재했었는지 몹시 궁금하다. 만약 그 두 왕이 실존인물이라면, 어느 시대, 어느 왕조에 속한 왕들이었는지 알고 싶다. 어쨌든, 그들은 굉장히 놀라운 사람들이었다.

대평원

오늘 아침, 나는 바흐를 듣기 전, 미사곡을 듣기 전에 뭔가 가
벼운 음악, 너무 강렬하지 않은 경쾌한 리듬을 듣고 싶었다. 하
지만 그럴 수 없었다. 그가 이미 바흐의 시디를 틀어놓았다. 그
는 소파 깊숙이 목을 파묻고 앉아 입술을 오므려 담배연기로 동
그라미를 만든다. 그는 다리를 꼬고 앉아 천장을 바라본다. 그가
지금 무얼 보고 있는지 묻지 않을 것이다. 나는 밝은 색 원피스
를 입기로 한다. 그리고 복도에서 노래를 흥얼거리며 그에게 이
런저런 이야기를 한다. 나는 그에게 묻는다. 비가 올까?

나는 그가 여기서 일어나는 일, 이 세상에서 일어나는 일들에
는 더는 관심이 없다는 걸 안다. 오늘밤에 늦게 자지 않는다면
내일 아침엔 일찍 일어날 수 있을 거야, 그러면 옷장을 고르러

가자, 어때? 그의 입술에서는 말이 새어나오지 않는다. 그는 내 말에 동의한다는 걸 표시하기 위해 소리 없이 배로 숨을 밀어낸다. 음악 좀 줄여도 돼? 그가 손가락 하나를 까닥한다. 나는 옷을 차려입고, 그 앞에 서서 뭔가를 기다린다, 미소, 칭찬…… 그는 땀을 흘리고 있다, 가쁜 숨을 몰아쉰다, 몹시 추워한다, 그리고 두려워한다, 뭘 두려워하는지는 모르겠지만. 그는 길게 숨을 들이쉬고 나서, 자리에서 일어난다. 우리는 밖으로 나간다.

저기서 잠깐 멈춰, 꽃을 사야 하니까, 당신은 필요한 거 없어? 술? 아니면 과자? 그는 또 고개만 끄덕인다, 응, 아니, 라고 대답할 힘조차 없어서. 그는 손을 더듬어 라디오 버튼을 누른다, 그리고 음악 소리를 높인다, 내 심장박동 소리도 커진다.

점심때가 돼서야 목적지에 도착할 것이다. 그때까지 계속 운전을 해야 한다. 땀을 뻘뻘 흘리면서 백 킬로미터를 달려야 한다. 하지만 날씨는 덥지 않다. 그는 이따금씩 창을 완전히 내렸다 이내 다시 올린다. 그는 추워한다. 나는 그의 허벅지에 손을 올려놓고 그의 어깨에 머리를 기댄다. 그에게 이유를 물어서는 안 된다는 걸 알고 있다. 나는 아무렇지도 않은 듯이, 이번 바캉스에 대해 내가 생각한 것들을 그에게 이야기할 것이다. 그리스가 어떨까? 나는 그를 위해 경관이 빼어나게 아름다운 곳, 어떤 항구, 어떤 해변을 찾아낼 것이다. 바다가 싫으면 산도 괜찮지 않을까? 하지만 그가 추위할까 걱정이다.

난 환자가 아니야, 그가 아주 낮은 목소리로 대답한다.

나는 그와 함께 한집에 사는 걸 꿈꾸었다. 하지만 사람들이 와서 그를 성가시게 한다. 나는 그가 오전에 떠들어대는 걸 좋아하지 않는다는 걸 안다. 그는 점심을 먹자마자 방에 틀어박혀 저녁이 오기를 기다리기도 한다. 창가에 우두커니 서 있거나 바닥에 배를 깔고 엎드려 있다가 날이 어둑해지면 밖으로 걸어나온다. 간혹 그는 선 채로 또는 벤치에 앉아 어떤 생각에 사로잡혀 넋을 놓고 있다. 하지만 그의 눈은 대평원을 가로지른다. 그는 강둑이나 강가를 계속 서성인다. 그는 주위의 냄새를 맡는다. 그는 심장이 아프다. 그의 영혼은 망가졌다. 하지만 괜찮다고, 아무렇지도 않다고 말한다. 점심식사를 하는 동안, 친구들이 와서 그를 격려하려 한다. 이봐, 산책이라도 하는 게 어때? 어이, 괜찮은 거야? 괜찮지 않아, 보면 몰라?

처음에 나는 모든 게 금방 괜찮아질 거라고 믿었다. 그래서 그저 상황을 관망하고 있었다. 그가 그러고 싶다면 그걸로 된 거야. 하지만 그렇게 지내온 지도 벌써 여러 해째이고 이런 상태는 앞으로도 계속될 것이다, 영원히. 막막하기만 하다. 그렇지만 그가 고맙다는 말을 할 때가 올 거야. 친구들은 이제 나를 위로하고 격려하려 한다. 그는 괜찮아질 거야, 이제 곧 나아질 거야, 너도 그렇게 생각하는 거지, 응? 나는 그들에게 굶주린 여자의 배에서 나는 소리, 목에서 나는 소리로 간신히 대답한다.

고속도로 휴게소에서 그는 절정에 이른다. 그는 잠시 멈췄다가 이내 돌진한다. 앞으로 걸어나가려고 애쓰는 창백한 어린아이. 나는 고개를 돌려버린다, 마치 그가 방금 내 뺨을 후려친 것처럼. 나는 두려움 때문에 괴로워하는 그를 더 볼 수가 없다. 그가 나를 만질 때, 우리가 아주 가까이 있을 때, 내가 무슨 수를 쓴다 해도 그를 그 자신에게서 벗어나게 할 수 없다는 걸 느낀다. 때로는 그가 그렇게 침묵하고 있는 게 바로 나 때문이 아닐까, 내가 너무 다정하기만 하고 고분고분 받아주기만 해서 그런 게 아닐까 하는 생각이 든다.

그가 신경질을 낸다. 발을 동동 구른다. 자기 앞에 있는 남자가 빨리 계산을 하지 않고 점원과 쓸데없는 농담을 주고받으며 꾸물대는 게 못마땅한 거다. 그는 계산대 옆에 놓여 있는 과자봉지를 집어든다. 그리고 그걸 내려놨다가 다시 집어들고, 다시 내려놓고는 더 멀리 떨어져 있거나 더 양이 많아 보이는 걸 찾는다. 그는 과자봉지를 뜯는다. 그리고 자기 앞에서 꾸물대는 작자가 빨리 사라지기를 기다리면서 과자를 씹어대기 시작한다. 그가 동전을 떨어뜨린다. 그리고 동전을 줍기 위해 몸을 숙인다. 그는 자기를 도와주려는 사람을 거칠게 밀쳐버린다. 그리고 고개를 약간 숙였다가 다시 들고는 내 쪽으로 돌아온다. 과자봉지를 보물처럼 가슴에 끌어안고, 셔츠는 흐트러진 채로, 양미간을 찌푸리고 입술을 잔뜩 오므린 표정으로 줄곧 우리 차를 보면서. 그는 차문을 쾅 소리 나게 닫는다, 그리고 그 소리 때문에 제 풀에 놀라 소스라친다. 그 바람에 그는 열쇠를 떨어뜨린다, 그리고 더듬거리며 열쇠를 찾는다, 그는 성마르게 짜증을 낸다. 그는 어둠 속에서, 자기 좌석 아래, 브레이크 페달 안쪽을 뒤지며 열심히 열쇠를 찾는다. 내가 도와주려고 하자 그는 됐어, 라고 말한다. 내가 뭔가를 잘못 건드려 고장이라도 낼까 두렵다는 듯이. 그는 마침내 한숨을 내쉬고 시동을 건다. 나는 그에게 괜찮냐고 묻는다. 물론 그는 대답하지 않는다. 그때 나는 그에게 하고 싶은 고백을 또 한번 머릿속에 되새긴다.

있지, 나, 당신을 떠날 거야, 나는 그를 보지 않고 말한다. 그가 나에게 미소를 짓는다. 나는 그를 보지 않는다. 그래도 나는 그걸 안다. 그의 눈에 눈물이 글썽인다, 아주 굵은 눈물방울들이 그렁그렁 맺힌다. 오늘 아침 천장의 그 동그라미들처럼.

고공비행!

"왜 그런 책을 읽으세요? 정신분석 치료를 받고 있나요? 전, 제가 성적인 목적으로 요리를 하고 병적인 이유들로 사랑을 한다는 사실을 알게 된 날, 정신분석 따위와는 깨끗하게 작별했어요."

저녁이 되자 가벼운 기내식이 제공되었다. 이제 한 시간 후면 창문의 블라인드를 쳐야 할 것이다. 그러면 비행기 안이 어두워질 터이고, 나는 희미한 빛 속에서 이 여자, 팬티를 입지 않고 스타킹만 신은 여자 옆에 앉아 있게 될 것이다. 그녀는 제 입으로 그 사실을 방금 내게 말해주었다, 자기는 팬티를 절대로 입지 않고 스타킹만 신는다고.

"전 '우이유'라는 곳에서 자랐어요, 아세요? 정말 웃기는 이름이죠? 하지만 제가 몇 번이나 '아이야' 라고 소리쳤는지 알면, 아마 그렇게 웃지 못할 거예요. 내가 어린 시절 살았던 집에는 곳곳에 함정이 있었어요. 그래서 난 거의 매일 그곳에 빠지고 부딪치고, 시도 때도 없이 다치고 베였죠. 하루에 한 번씩은 꼭 상처가 났다니까요, 상상이 가세요? 어렸을 때 제 몸이 어땠을지 상상이 되냐구요."

네, 뭐, 약간은.

"난 손가락에 붕대를 감은 날에도 과자를 만들었어요. 성적인 충동을 불러일으키고 싶었거든요. 사실 성적인 충동이란 게 정확히 어떤 건지 알지도 못하면서 말이에요. 우와, 쏠리는 걸, 엄마가 양파껍질을 벗길 때면 아빠는 그렇게 말했죠. 아빠는 엄마 등에 찰싹 달라붙어 엄마 목에 입을 맞췄어요. 하지만 그게 전부가 아니에요. 내 오빠, 더 정확하게 말해서 오빠의 페니스가 내 머릿속에 들러붙어 아주 오랫동안 사라지지 않았어요, 그러니까 나는 오빠의 페니스에 대한 강박에 사로잡혀 있었던 거예요. 당신은 그런 거 없어요? 강박관념 같은 거? 어떤 특별한 것에 대한 강박. 구멍을 유달리 좋아한다든가, 뭐 그런 것 말이에요. 오빠의 페니스는 엄청나게 컸어요. 천하무적이었죠. 하지만 나는 크기를 말하는 게 아니에요, 계속 들어볼래요? 나는 그게 내 머릿속에 들어와 박혀 꿈쩍도 하지 않았다는 이야길 하는 거예요.

무슨 말인지 알겠어요? 치즈 더 드실래요? 난 손도 대지 않았어요. 난 안 먹을 거예요. 오빠의 페니스 때문에 나는 사랑도 제대로 하지 못했어요. 다른 남자와 섹스를 하다가도 중간에 식어버렸으니까요. 오빠의 페니스가 떠오르면 더는 남자를 받아들일 수가 없었어요. 오빠의 페니스는 어떤 의미로는, 나를 옴짝달싹 못하게 만드는 족쇄였어요. 오랫동안 나는 오빠를 생각하면서 사랑을 했어요, 하지만 이젠 안 그래요. 이제는 나 자신을 생각해요. 카키색 수영복을 입은 오빠에 대한 추억 따위는, 쓰레기통으로 슛! 그래요, 카키색. 당신은 카키색이란 말을 듣고 카키? 그럼 군인이로군, 하고 생각하겠죠. 뭐, 아무려면 어때요! 내 말 듣고 있어요? 아무려면 어때요! 스튜어디스들이 정말 짜증나게 만드네요. 왜 이렇게 쉴 새 없이 얼쩡대는 걸까, 그만 좀 지나다니면 안 되나? 저 여자 향수 냄새 맡았어요? 꽃향긴가? 너무 천박해!"

"네, 냄새가 좀 진하긴 하군요."

"진하죠? 오빠는 늘 삽과 양동이를 가지고 놀았어요, 그러다가 갑자기 자기 페니스를 꺼냈죠, 호수를 만들려고요. 오빠는 자기를 빤히 쳐다보는 사람들에게 그걸 내보이며 말했어요, 토토르는 성 안에 호수를 만들 거야! 거 왜 있잖아요, 쓸데없는 구경거리를 좋아하는 사람들, 사내아이가 고추를 드러내놓을 때 빤히 쳐다보는 사람들, 그런 인간들 생각보다 아주 많아요. 오빠는 모래로 언덕을 만들었어요. 그런 다음 박수를 치면서 그곳에 오줌을 갈겨댔죠. 언덕을 뚫었다라고 하는 편이 더 정확할 거예요. 오줌줄기의 힘이 얼마나 센지 당신도 아시죠? 사는 동안 한 번이라도 그걸 보고 나면, 남자의 힘을 더는 의심하지 않게 되죠. 그리고 모든 걸 이해하게 돼요. 백년전쟁, 세상의 종말, 사형제도, 가려움증, 산불, 이런 모든 걸 말이에요. 오빠는 여름을 아주 좋아했어요, 바닷가에 있으면 행복해했죠. 엄마는 오빠 머리에서 자꾸 벗겨지려는 모자를 다시 씌워주었어요. 뜨거운 햇살로부터 오빠를 보호하려고 애썼던 거지요."

"당신 어머니는 오빠가 햇볕에 익어버리도록 놔두었어야 했어요. 내가 제대로 이해하고 있다면 하는 소리예요."

"바로 그거예요!"

"그런데 오빠가 군인이 아니었나요?"

"아니었어요, 근데 지금까지 내가 한 얘길 제대로 이해한 거예요?"

"네."

"토토르는 어린아이였어요. 하지만 나는 오빠의 똘똘이를 자주 봤죠."

"오빠의 뭐요?"

"난 그걸 생각하지 않으려고 다른 단어들을 사용해요, 그걸 해체시키는 거죠. 페니스라는 말을 사용하지 않으려고 똘똘이라든가 딸랑이라는 말을 사용한답니다. 애써 끼어들 필요는 없어요, 당신의 대답을 원한 게 아니니까, 당신은 정말 성가신 사람이군요! 게다가 속이 뻔히 들여다보이네요! 그런 말 들어본 적 없어요?"

유감스럽게도 그런 말은 들어본 적이 없다. 그녀의 입술에서 들락날락하는 페니스가 나를 혼란스럽게 한다. 나는 곧 내 똘똘이를 사용하게 될 것이다.

"이제는 어떤 남자랑 강렬한 성적 쾌감을 느끼려 하는 순간이면, 그러니까 오빠의 똘똘이가 아닌 다른 걸 생각하게 되었어요!"

"예를 들어, 그의 딸랑이를?"

"놀리지 말아요! 이제는 나 자신을 생각해요, 그리고 그 남자로부터 끌어낼 수 있는 쾌감을 생각하죠. 당신, 호텔에 묵을 건가요?"

"네."

그런데 그녀는 왜 갑자기 침묵할까?

"난 세 번 결혼했었어요. 당신은 아이가 있나요? 난 딸이 하나 있어요, 두번째 결혼 때 낳은 딸이죠, 두번째 남편이랑 낳은

애는 아니지만."

"그것 참 이해하기 어렵군요!"

"다른 곳에서 그앨 가졌어요. 그 불쌍한 애는 옷을 창녀처럼 입고 다녀요, 하지만 그애한텐 남자가 붙어 있지를 못해요, 어떤 남자도. 정말 이상해요. 우린 단 한 번도 딸랑이에 대해 얘기한 적이 없어요, 하지만 그앤 그게 어떻게 좆물을 싸는지 저 혼자 알아낸 것 같더라구요. 아! 미안해요. 그런데 내가 왜 사과를 하는 거죠? 어쨌든 웃기네요, 나 같이 솔직한 여자가 못 할 말이 어디 있겠어요? 난 뭐든 터놓고 말하고 싶어요, 내숭 떠는 건 성미에 안 맞아요."

나는 이제 행동을 개시한다. 난 그녀의 엉덩이에 손을 척 갖다 댄다, 마치 붕대처럼. 나는 호텔에서 만나자고 말한다. 아니면 분위기 좋은 바에서 만나 술부터 한잔 하자고.

"난 딸을 데브*라고 불렀어요, 정말 후회스러워요, 하지만 그애 이름이 데보라니까 애칭으로 데브라고 부른 거예요. 그런데 다른 사람들은 전혀 그렇게 생각하지 않았죠. 그것 때문에 그애는 날 원망하고 있어요. 사람들은 정말 어리석고 잔인해요. 그래

---

* 거리를 배회하는 불량소녀나 가볍게 만나서 즐기는 젊은 여자들을 지칭하는 속어.

서 애가 삐딱해졌어요. 게다가 자신감도 너무 없고. 하지만 이제 와서 어떡하겠어요…… 때때로 의문스러워요, 내가 어떻게 그런 멍청한 실수를 저지를 수 있었을까."

내가 그 사람들 중 하나였다면, 나 역시 데브에게 내 명함을 주었을 것이다. 명함 뒤에 호텔이나 술집 이름을 적어서.

"당신 아이가 있나요? 있다고 했던가요? 기억이 나지 않네요…… 어쨌든 전 아이가 하나뿐이라서 정말 다행이라고 생각해요. 제 인생에는 그놈의 페니스가 엄청나게 큰 부분을 차지했어요, 하지만 애가 여럿이었다면 그럴 시간은 없었겠죠. 난 딸을 정말 사랑해요. 그애가 날 실망시킨다고 해서 그앨 사랑하지 않는 건 아니에요. 다행히, 그애한테는 이 세상에 나 말고는 아무도 없으니까요."

나는 그녀가 앉아 있는 좌석 위로 올라탈 것이다.

"게다가 자식을 하나밖에 안 낳았기 때문에 이 나이에도 몸매만큼은 자신 있어요. 허벅지도 단단하고, 살이 좀 붙긴 했지만 엉덩이도 아직 탱탱하죠. 나는 푹 퍼진 뚱땡이 아줌마가 절대로 아니에요."

"그런데 바캉스를 떠나는 겁니까, 아니면 일 때문에 여행을 하는 겁니까?"

"내가 하는 건 전부 일과 관련이 있어요. 난 꿀벌이랍니다. 영원히 쉬지 않고 움직이는 꿀벌. 맥박을 재보세요. 이보다 더 느리게 뛴 적은 한 번도 없어요. 격렬하게 사랑을 하고 난 후에도 내 맥박은 쉬려고 들지를 않더라고요. 당신은요?"

"나요? 나야 좋죠."

"좋다니, 뭐가 좋아요? 당신은 바캉스중인가요? 누굴 만나러 가는 건가요? 어쨌든, 당신은 동성애자인 게 분명해, 난 알아요. 더도 덜도 아닌 동성애자."

대답해야 하나? 그녀는 자신의 여행을 끝마쳤다. 나도 내 여행을 끝마칠 것이다. 그녀는 비행하는 동안 더는 입을 열지 않겠지. 그리고 통로로 나가기 위해, 요가를 하듯 몸을 앞으로 숙이고, 움켜잡고 싶을 정도로 탱탱한 엉덩이를 내 얼굴 쪽으로 불쑥 들이밀고, 팔걸이에 걸쳐놓은 내 팔을 카키색 서지 원피스 뒷자락으로 사정없이 문질러대면서 내 몸을 타고 넘어갈 때도 그녀는 사과 한 마디 하지 않을 것이다.

내 눈동자

그녀의 포크가 미끄러졌다. 그녀는 내 관자놀이를 찔렀다. 하지만 그녀가 겨냥했던 건 관자놀이가 아니라 눈이었다. 몇 바늘 꿰맨 상처, 알코올, 입맞춤, 그리고 그 일은 잊혀졌다. 그후로 나는 발끝을 내려다보는 걸 더 좋아하게 되었다. 사람들은 여자들이 살아가는 걸 막지 않는다, 여자들이 말을 해도 그냥 둔다, 심지어 여자들이 밖에 나돌아다녀도 그대로 내버려둔다. 그들은 내 여자가 더는 그걸 참고 견디지 못한다는 것도 개의치 않는다. 그녀는 정부기관에 편지를 쓰고, 여자들에 대한 불만을 당국에 토로하고, 시청을 찾아가 차마 눈뜨고 볼 수 없을 정도로 눈꼴사나운 차림으로 거리를 활보하는 여자들에 대해 분노를 터뜨린다. 차라리 여자들에게 유니폼을 입히는 게 낫지 않겠어요? 그녀도 자기가 지나치다는 걸 알고 있다. 그녀는 몰래 그런 일을 한다. 하지만 나는 갈기갈기 찢긴 채로 바구니 속에 던져져 있는 그녀의 초고들을 발견한다.

그녀는 내게서 친구들을 모조리 떼어놓았다. 내 친구들이 내가 전에 어떻게 살았는지 그녀에게 상기시키기 때문이다. 그녀는 내 가족을 두려워하고, 사람들이 즐겨 되풀이하는 어린 시절 이야기들을 두려워한다. 뭐? 그가 자기 배꼽을 후벼 팠다고? 정말이야? 당신, 정말 배꼽을 후볐어? 세상에, 어떻게 그런 짓을 할 수가 있지? 구멍만 보면 쑤셔대려 하는 그 못된 버릇은 아주 어릴 때부터 시작된 거로군! 한 가지 사실은 분명하다. 내 미래가 편안하기를 바란다면, 내 과거와 연관된 것은 무엇이든 새어 나가지 않도록 막아야 한다.

친구들 문제에 관해서 말하자면, 처음에 나는 친구들을 포기하기가 어려웠다. 그래서 몰래 전화를 하기도 했다. 그리고 어떤 때는 그들과 만나 점심식사를 했다. 하지만 어느 날, 그녀가 나를 봤다, 카페에 앉아 있는 나를. 나는 눈물의 강 옆에 웅크리고 앉아 눈물을 뚝뚝 흘리고 있는 그녀를 다시 찾아냈다. 애원하는 그녀의 눈 속에서 아름다운 다이아몬드 두 개가 반짝이고 있었다. 그녀는 몇 시간 동안 말없이 그대로 있었다. 어린아이처럼 쪼그리고 앉아 몸을 좌우로 흔들어대고 눈물을 펑펑 흘리면서.

나는 모든 걸 포기하기로 결심했다. 그녀에게 거짓말해봤자 득될 건 하나도 없다. 그녀에게 거짓말을 하기 시작하면, 말해도 괜찮은 것과 말해서는 안되는 것을 계산하며 시간을 보내야 한다. 그러면 모든 게 더 복잡해진다. 그렇게 골치 아픈 일은 차라리 팽개쳐버리는 편이 낫다. 게다가 우정이란 게 반드시 필요한 건 아니라는 것도 깨달았다. 물론 우정이 천국을 만들어주기도 한다. 하지만 곰곰이 생각해보면, 솔직히 우정이란 건 완전히 시간낭비다.

이웃에 어떤 여자가 새로 이사를 왔다. 어제 아내는 계단에서 그 여자를 계속 기다렸다, 케이크 한 조각을 조약돌처럼 꼭 움켜쥐고서. 나는 아내를 단념시키려고 애썼다. 하지만 아내는 그 여자가 이웃으로 이사 온 것을 환영해주고 싶고, 좋은 이웃사촌이 되고 싶다고 말했다. 아니나 다를까, 내 예상은 빗나가지 않았다. 아내는 집으로 올라왔다, 눈물을 글썽이며 그 이웃 여자를 '암내 풍기는 싸구려 계집'이라고 부르면서. 아내는 말했다, 사기꾼! 거짓말쟁이! 그 여자 집에 기어들어가 못을 박아주겠다고? 당신 집구석 못이나 제대로 박아!

그녀는 시트를 뒤집어쓰고 누워 내 몸에 바짝 달라붙었다. 나는 사랑을 나누는 동안 그녀가 정말 내 아내인지 알 수가 없었다. 그녀는 도색영화의 주인공처럼 교성을 마구 질러대고 왈츠를 추듯 고개를 오른쪽 왼쪽으로 요란하게 흔들어대면서, 마치 내가 세상에서 가장 섹시한 남자라도 되는 것처럼 격정에 사로잡혀 미친 듯이 몸을 뒤로 젖혔다. 나는 당황스러웠고, 그래서 계속할 수가 없었다. 그녀는 화를 내며 일어났다. 왜 갑자기 쪼그라든 거야? 그년 때문이지? 말해봐! 우리 침실 바로 아래 자고 있는 그 여자의 존재가 그녀를 고통스럽게 하는 게 분명하다. 아내는 침대 속에서 공처럼 몸을 웅크리고 있거나 갑자기 벌떡 일어나 아파트 전체가 울릴 정도로 으르렁거리며 괴성을 질러댄다. 나는 팔을 방패 삼아 얼굴을 가린 채 잠을 자려고 애쓴다. 그리고 깨어났을 때 부엌에서 조리기구들을 뒤지는 소리가 들리면 언제라도 집어들 수 있도록 페이퍼나이프를 손닿는 곳에 감춰두고, 아무렇지도 않은 척하면서 오토바이나 자동차 잡지를 뒤적인다. 그녀가 묻는다, 왜 그런 걸 보고 있어? 떠나고 싶은 거야, 그런 거야?

하지만 우리는 행복한 순간을 보내기도 한다. 지난여름, 우리는 사냥터로 유명한 브리에르의 늪지 근처 작은 여인숙에 묵었

다. 나는 그녀가 안도의 한숨을 쉬고 있다는 걸 즉시 알아차렸
다. 그녀는 끔찍한 모기떼와 시도 때도 없이 울려대는 총소리를
견뎌냈다. 그녀는 그 무엇에도 개의치 않았다. 심지어 여인숙 주
인에게 매년 여름 다시 오겠다고 약속까지 했다. 내가 곤충들에
게 온몸을 뜯어먹혔다고 투덜대자, 그녀는 조용히 내 팔에 손을
얹으며 말했다, 여보, 그 정도 물린 건 내 고통에 비하면 아무것
도 아니야.

　내 주변 사람들은 모두 동맹을 맺고 있다. 그들은 내가 아내의
말을 너무 고분고분 받아준다고 말한다. 하지만 나도 저항할 줄
안다. 멍청하게 마누라한테 쥐여산다고, 제발 정신차리라고 충
고하는 동생에게는 미안한 일이지만. 나는 바보가 아니다. 나는
친구들과 부모에게 놀림을 당하고 결국 적들로 둘러싸이게 된
무기력한 사내가 아니다. 적어도 그보다는 훨씬 더 나은 존재다.
나는 내 아내에 관한 고약한 농담들을 반 정도만 인정한다. 나는
동맹을 맺은 나의 적들이 벌이고 있는 파괴공작을 무시한다. 그
런데 그들은 우리의 결혼식 날, 진심으로 기뻐하면서 결혼을 축
하해주었던 사람들이다. 그런 그들이 도대체 어떻게 된 일일까?
그들은 이제 내게 이혼을 하라고 부추긴다. 나에게 그녀의 버릇
을 고쳐봐야 한다고, 그녀는 위험한 여자니까 경계하라고 충고

한다. 나는 자신의 그림자조차 질투하는 작고 가련한 아내를 두려워하지 않을 것이다. 나는 그 너머를 본다, 그리고 나 자신을 초월해서 그녀를 바라본다.

아! 그건 확실하다, 그녀가 이따금 바라는 대로 내가 장님이 된다면, 모든 게 더 나아질 것이다. 우리는 다시 산책을 하면서 화창한 햇살을 만끽하고 무도장에서 춤을 출 수 있을 것이다. 장담한다, 내 아내처럼 노련한 댄스 파트너와 함께라면, 내가 어디에 있는지 파악하기가 조금도 어렵지 않을 것이다. 우리는 친구들을 만날 것이다, 그들이 보이진 않겠지만 그들의 말소리가 들리는데 무슨 상관 있겠는가?

이웃집 여자가 답례를 하러 찾아왔다. 아내가 장을 보고 돌아왔을 때, 이웃집 여자와 나는 거실에 있었다. 내 딴에는 잘하는 짓이라고 생각하면서, 나는 즉시 아내에게 소리쳤다. 여보, 이리와, 우린 당신을 기다리고 있었어! 왜? 난교 파티라도 벌이려고? 이웃집 여자가 선물로 가져온 과일젤리를 내가 아내에게 내미는데도, 아내는 들고 있던 봉지들을 거칠게 내팽개치면서 쏘아붙였다. 화냥년이 분명하네! 그러고 나서 그녀는 이마에 뿔이 달린 염소처럼 재빠른 동작으로 내 이마를 들이받았다. 바닥에 흩어진 것들을 주우려고 몸을 숙이고 있던 나는 그 자리에서 기절해버리고 말았다.

그후로, 아내는 날 절대로 용서하지 않을 거라고 되풀이해 말한다. 나는 전부 그녀 혼자서 상상한 것일 뿐이라고 설명하고 싶다. 하지만 아내는 입 닥치고 조용하란다. 그리고 말한다, 이제 얼마 있으면 내겐 아무것도 남지 않을 거라고, 심지어 눈마저 사라지고 없어서 울지도 못할 거라고.

나는 아내가 결국 어쩌자는 건지 안다. 그리고 난 겁쟁이가 아니다. 나는 아내가 내 눈을 찌르는 수고를 하지 않도록 해줄 것이다. 아내 대신 내가 그 일을 할 테니까. 그게 내가 아내를 사랑하는 방식이다. 나는 내 눈을 찌를 것이다.

나는 화살과 용수철을 구입했다. 용수철에 설치된 화살은 내 한쪽 눈이 피를 흘리기 시작하자마자 나머지 한쪽을 찌르기 위해 날아올 것이다. 나는 혼자서 그 일을 해낼 것이다, 마지막에 이기는 자가 진정한 승자다.

만약 내가 레핀 콩쿠르*에 참가 신청이 돼 있다면, 그리고 그 대회에서 내게 트로피를 수여하기로 결정한다면, 아내는 내가 트로피를 받으러 가는 걸 도와줄 것이다. 헌신적으로 나를 돌보는 그녀는 산뜻하고 멋지게 옷을 차려입고 조심스럽게 나를 부축하면서 함께 계단을 오를 것이다. 나는 마누라 말에 고분고분 따른 게 얼마나 잘한 일인지 친구들에게 증명해 보일 테고.

---

* 매년 봄에 각 분야의 발명가들이 한 자리에 모여 자신들의 발명품을 전시하는 대회로, 루이 레펭에 의해 1901년부터 시작되었다.

인색한 마음

나는 곧 죽을 거야. 당신을 짓밟아 뭉개버리고 싶어. 고개도 못 들고 다니게 개망신을 주고 싶어. 친정 엄마 말처럼 당신은 질긴 고무줄 같은 인간이야. 어쩌다 돈 쓸 일이 생기면, 팽팽하게 당겨진 고무줄이 결국 제자리로 돌아가듯 더 버틸 수 없을 때까지 버티다 도저히 어쩔 수가 없을 때가 와야 마지못해 지갑을 꺼내지. 나는 말이야. 그 당겨진 고무줄이 당신 얼굴을 박살냈으면 좋겠어. 내가 병났다는 걸 알았을 때, 당신은 분명히 병원비부터 계산해봤을 거야. 수술을 해야 한다는 이야기를 들었을 때, 당신은 까무러칠 뻔했지. 의사가 더 늦기 전에 수술해야 한다고 설명하고 있는 동안에도 당신은 이렇게 중얼거리고 있었어. 그래도 보험을 들어놔서 정말 다행이야.

나는 하나도 빠짐없이 기억하고 있어, 아무것도 용서하지 않을 거야. 어쩌다가 외식이라도 한번 하러 갈 때면 우린 집에서 우스꽝스러운 애피타이저로 미리 배를 채워둬야 했지. 자, 땅콩 좀 먹어, 당신은 날 보고 지나치게 야위었다고 말하면서 싸구려 과자 봉지들을 뜯었어. 그게 다가 아니었어, 당신은 레스토랑에 가서도 온갖 궁상을 다 떨었지. 시키는 음식이라곤 앙트레 일인분이 전부였어, 디저트도 하나만 시켜 둘이서 나눠먹었지. 나는 둘이서 한 접시에 든 음식을 새처럼 콕콕 쪼아먹는 게 낭만적이라고 생각했어. 그리고 계산서와 함께 둔 사탕들을 사람들 몰래 주머니에 슬쩍슬쩍 집어넣는 당신 모습이 안쓰러웠지, 귀여운 먹보, 나는 그렇게 생각했어. 하지만 어느 날, 당신이 그 사탕들을 누군가에게 선물하려고 포장하는 걸 봤어. 순간 당신의 뒤통수를 사정없이 갈겨주고 싶었지만 나는 오히려 그 포장에 어울릴만한 장식 리본을 찾아줬지, 그리고 난 당신 곁을 떠나지 않았어. 당신은 크리스마스 때 선물 받은 것들을 한 번 열어만 보고는 포장된 상태 그대로 깨끗하게 보관해두었지. 그럴 때면 궁금했어, 저것들을 누가 다시 열어보게 될까, 나중에, 어느 저녁 만찬 때, 어떤 파티에서, 또는 어느 생일에 누가 다시 열어보게 될까. 당신은 초콜릿, 포도주, 책, 음반들을 재활용했어. 아버지의 날에 딸아이가 당신에게 선물한 실크스카프를 당신이 그애 오빠에게 다시 선물했을 때 당황해하던 그애의 눈빛을 나는 결코 잊지 못할 거야.

　당신은 수전노, 구두쇠, 노랑이, 세상에서 제일 쩨쩨한 인간이야. 이제 죽음을 눈앞에 둔 마당에 못 할 말이 뭐 있겠어. 그 중에서도 이 말만큼은 꼭 해주고 싶어. 그동안 내가 추위 때문에 얼마나 벌벌 떨면서 살아왔는지 알기나 해? 어떤 나이 많은 친구가 내게 이렇게 말하더군. 묘비를 보면 죽은 사람의 가족들이 얼마나 인색한 사람들인지 알 수 있다고.
　내 묘비에는 아무 말도 쓰지 마, 내가 태어나고 죽은 날짜조차도. 마치 내가 이 세상에 존재하지 않았던 것처럼 해줘. 이게 내 유언이야.

콩쿠르를 위해 태어난 아이들

"말해줘, 이제 내일이야?"

"아니, 아직 어제야, 때가 되면 말해줄게. 지금은 그냥 자. 잠을 제대로 못 자서 얼굴이 초췌하면 좋은 점수 받기가 힘들어."

"나 일어날래."

"그냥 누워 있으라고 했잖아! 날 화나게 하지 말고. 따끔하게 혼이 나야 말을 듣겠니?"

"난 아무 짓도 안 했어."

"넌 춤을 췄어. 내가 봤어. 아니라고 잡아떼도 소용없어. 네가 날 깨웠을 때도 난 그 꿈을 꾸고 있었어."

"미쳤구나. 여하튼 난 당신 없이도 얼마든지 춤을 출 수 있어!"

"너는 아무하고나 춤을 춰선 안 돼. 내가 바로 옆에 있었어,

파트너도 없이, 혼자서. 그런데 그 계집애랑 그렇게 엉덩이를 요란하게 흔들어대며 스텝을 밟은 이유가 도대체 뭐야? 발정난 암망아지 같은 년하고!"

"상관없잖아."

"날 괴롭히려고 그런 거지? 난 알아, 아니라고 말하지 마. 그것 때문에 따끔거리면서 아파. 내 질에서 피가 나."

"그거 내가 빨아먹어도 돼?"

"안 돼. 차라리 네 손가락이나 빨아. 그리고 빨리 자, 넌 내일 무도회장에 가야 해."

"안 갈 거야. 이제 그만 두고 싶어."

"그렇다니 좀 생각해볼 필요가 있겠구나. 그렇게 싫다면 할수 없지. 하지만 토요일에 적어도 네가 저지른 잘못에 대해 조금이라도 보상은 해야 해."

"하지만 난 거부할 권리가 있어! 내가 왜 당신하고만 춤춰야해? 그래야만 한다는 법은 이 세상 어디에도 없어!"

"난 네 엄마야, 너는 날 존경하고 무조건 따라야 해. 커플 간의 조화가 깨지면 팔 점이나 잃게 돼. 우린 완벽한 한 쌍으로 보여야 한다구."

"어쨌든, 무도회장에서 난 엄마를 초조하게 만들 거야."

"쓸데없는 소리하지 말고 빨리 자, 내가 말했지. 넌 푹 쉬어야 한다고, 그리고 자세를 더 꼿꼿하게 세워. 등이 굽은 무용수는 아무짝에도 쓸모없어."

"너무 슬퍼, 난 너무 뚱뚱해."

"내가 말한 대로 해, 내 말을 무조건 믿고 따라, 기름진 음식을 먹을 때는 식초를 쳐서 먹어, 그러면 살이 안 찌니까 안심해도 돼. 식초가 기름기를 씻어내주거든. 그 여자애를 봐, 내가 크로켓에 식초를 넣어주기 시작한 이후로 몰라보게 호리호리해졌잖아. 자, 돌아누워, 어서 자."

"내일 뭐 할 거야?"

"약속이 있어."

"취소해……"

"안 돼, 예약을 해둔 거라 꼭 가야 해. 입술에 다시 탄력이 생길 거야."

"난 지금 입술이 좋은데."

"내가 말하는 건 그 입술이 아니야."

"완전히 돌았어! 콩쿠르를 핑계로 별 희한한 짓을 다 하는군. 아무리 그래봤자 그런 걸로 점수가 좋아지진 않아!"

"아냐! 수술 받고 나면 다시 처녀가 된 기분일 거야. 그러면 점수도 그만큼 더 좋아질 거고. 완벽한 커플에겐 추가 점수를 십삼 점이나 더 줘, 너도 알지?"

"그래봤자 아무 소용없을 걸. 차라리 미용실에 가서 염색이나 다시 해! 꼭 늙은 매춘부 같아!"

"심술부리지 마! 우린 콩쿠르에서 우승해야 해! 우승만 하면 우리 인생이 완전히 달라질 거야! 그걸 알아야지!"

"알아야 할 건 아무것도 없어. 배워야 할 스텝들이 있을 뿐이야."

"우승하려면 노력을 아주 많이 해야 해! 넌 점점 살이 빠지고 있어, 그리고 난 점점 젊어지고 있고! 이제 우린 서로를 부끄러워하지 않고 함께 춤출 수 있어. 심사위원들도 그걸 느낄 거야. 넌 부기가 빠지고 난 처녀 같은 청순함을 뽐내고. 우린 반드시 우승해야 해. 난 하루라도 빨리 콩쿠르에 참가했으면 좋겠어."

"우린 우승할 수 없을 거야. 록은 너무 빨라. 탱고를 추면 열이 나서 얼굴이 벌겋게 달아오르고. 그리고 왈츠를 추면, 엄만 어지러워서 구역질을 하잖아."

"쓸데없는 생각 말고 빨리 자, 우리가 헤쳐나온 힘든 여정을 생각하며 잠을 청해봐!"

"흥! 무도회장들로의 여행! 난 엄마하고 여행하고 싶지 않아."

"넌 연습을 해야 해, 알겠니? 무도회장에서 하루도 빠짐없이 발과 팔 동작을 연습해야 한다구. 연습을 하지 않으면 잊어버리게 돼. 그리고 넌 지금부터 일요일까지 오 킬로를 빼야 해. 그래야 의상이 몸에 딱 맞을 거야."

"엄마가 이쁜이 수술을 받으면 우리 균형이 깨질 거야. 엄만 항상 모든 걸 망쳐놔!"

"그만 닥치고 잠이나 자. 턱의 긴장을 풀고, 그리고 미소를 지으려고 노력해. 심사위원들이 눈을 부릅뜨고 우릴 지켜보고 있다는 걸 잊지 마, 그들은 우리 발을 보지 않아. 그들이 기대하는 건, 우리가 얼마나 조화롭게 춤을 추느냐 하는 거야!"

"난 춤추는 걸 좋아하지 않아."

"아냐, 그렇지 않아!"

"난 이제 엄마랑 자기 싫어."

"왜?"

"나도 이제 나이를 먹을만큼 먹었어. 나도 예쁜 여자를 원해, 착하고 다정한 여자. 이제 무도회장엔 가지 않을 거야."

"바보 같은 녀석! 널 좋아할 여자는 이 세상에 한 명도 없어, 내 말을 믿어! 넌 나랑 계속 함께 있어야 해. 자, 돌아누워봐. 내가 꼭 껴안아줄 테니까. 내가 너에게 사정하는 법을 가르쳐줄게!"

"엄마 배는 역겨워, 제발 그만 해, 내 등이 축축해지잖아."

"어서 자. 안 그러면 뺨 때릴 거야. 내일이 되려면 아직 멀었어."

"그래, 하지만 지금이 어제라면 여전히 난 두 다리가 자유로울 거고, 그러면 멀리 떠나버릴 수 있을 텐데."

"아니, 지금은 오늘이야. 그리고 내가 네 다리를 묶어놨어. 침대 모서리에 끈으로 단단히. 내일이 되면 네 손도 묶어버릴 거야! 넌 사지가 묶인 갑갑함을 뼛속까지 느껴야 해. 죄수처럼 갇혀 있는 기분을 느껴야 한다구. 그러면 내가 널 풀어주는 순간, 너는 춤을 추고 싶어 안달이 날 거야."

"엄만 날 묶어놓을 권리가 없어."

"너는 내가 낳은 내 새끼야. 내가 하고 싶은 대로 할 수 있어. 빨리 자, 안 그러면 화낼 거야. 말썽꾸러기 녀석, 엄마에게 뽀뽀해줘."

"싫어!"

"어서 해! 나에게 입을 맞춰, 내가 명령했잖아!"

"싫어! 난 떠날 거야! 그리고 다시는 돌아오지 않을 거야! 이제 엄마하고 춤출 사람은 한 명도 없을걸! 엄마의 그 입술, 그건 아무 짝에도 쓸모가 없을 거야. 엄만 절대로 날 흥분시키지 못해!"

어머니는 어느 날 한밤중에 아버지가 돌아올 경우를 대비해서 침대 밑에 간직해두었던 도끼를 꺼내들었다. 그리고 우선 아들의 오른쪽 다리를 자르고, 그다음에 왼쪽 다리를 잘랐다. 그리고 어머니는 말했다, 애야, 오늘밤, 넌 내 말에 복종해야 해! 단단해져! 그렇게 말하고 나서 어머니는 아들의 몸에 걸터앉았다. 그리고 즉시 마음껏 즐겼다.

아들은 반항하지 않았고, 그녀가 잠들기를 기다렸다. 그리고 죽어가며 말했다, 이제 콩쿠르는 영원히 끝이야. 혼자서는 절대로 춤을 출 수 없을걸! 엄마에겐 내가 필요했어! 난 엄마의 댄스 파트너였어, 엄마가 깨어나면 내가 말 울음소리를 가르쳐줄게. 그리고 나서 그 아이는 처음으로, 단단해졌다. 그리고 곧 아이의 몸에서 피가 완전히 빠져나갔다.

그로부터 아홉 달 후, 그녀는 고함을 내지르고 거품을 뿜으면서 아주 작은 사생아를 낳았다. 그녀는 아이의 이름을 술탄이라고 지었다.

그녀는 생각한다, 이제 십오 년만 지나면 이 아인 왈츠를 출 수 있을 거야. 그리고 그때를 기다리면서 아이의 발이 움직이는 걸 본다. 그녀는 생각한다, 이 아이는 콩쿠르를 위해 태어났어. 이번 아이는 이전의 어떤 아이들보다 훨씬 뛰어나. 이 아이는 기다릴 만한 가치가 있어. 이번에는 분명히 콩쿠르에서 우승할 수 있을 거야.

자유의 사역

내가 쓰레기통 좀 내다놓으라고 말했는데도 그렇게 나 몰라라 하는 걸 보면, 마음이 너무 아파. 그럴 때면 저절로 옛날 일이 떠오른단 말이야. 당신은 나한테 잘해야 해. 당신이 먼저 그러겠다고 약속했잖아. 더는 잔소리하지 않겠어, 당신은 그게 무슨 뜻인지 잘 알고 있을 테니까. 내 손으로 쓰레기통을 밖에 내놓다가는 매니큐어가 벗겨질 거야. 그래봤자 당신은 눈 하나 깜짝하지 않겠지만. 나는 이걸 바르는 데 무려 한 시간이 걸렸어, 그렇게 공을 들였는데 한순간에 허사로 만들고 싶진 않아. 당신은 내가 새 매니큐어를 발랐는지 어쨌는지 관심조차 없겠지만. 늘 그래왔듯이 말이야. 하지만 한 가지만 물어볼게. 당신 생각엔, 내가 누굴 위해 손톱을 가꾸는 것 같아? 내가 왜 이런 짓을 계속 하고 있는지 나 자신도 모르겠어, 당신은 내 손톱 따위 쳐다보지도 않는데. 우리가 같이 살기 시작한 이후로 당신은 날 쳐다보지도 않아. 게다가 나에게 칭찬이라도 한마디 해주면 혀가 불에 타 오그라들 것처럼 굴지. 내가 진주빛 매니큐어를 새로 칠했을 때도 당신은 전혀 눈치채지 못했어. 분홍색 매니큐어도, 약간 푸른 기가 도는 연보라색 매니큐어도. 그건 호놀룰루라고 불러, 정말 이상한 이름이지. 당신은 그게 마음에 들어? 다음번엔 네일케어 전문점에 가서 다듬을 거야, 돈을 들인 것과 들이지 않은 게 얼마나 큰 차이가 나는지 당신도 분명히 알 수 있을 거야. 내가 왜 생활비 걱정을 하는지 모르겠어. 심술궂은 악녀처럼 행동하는 게 더 나을 텐데, 쓸데없는 것들에 돈을 펑펑 써대는 편이 나을 텐데. 하지만 난 안 그래. 양심 없는 여편네들이나 그게 당연한 대가라고 생각하지. 당신, 전에는 시키지 않아도 내 비위를 맞추려고 모든 걸 척척 알아서 했잖아.

그런데 이제는 쓰레기통 하나 내다놓는 것조차 귀찮다고 투덜대고 있어! 아, 억지로 할 필요는 없어, 마음에도 없는 행동은 오히려 역겨우니까. 난 우리 사이에 이런 말들이 오가는 게 지겨워, 괜스레 짜증이 난단 말이야. 내가 시킨 대로 해, 그리고 저기, 가스레인지 위에 올려놓은 저 스테이크, 지금 뒤집지 않으면

새카맣게 타버릴 거야. 그건 너무나 당연한 거야, 법칙이라구. 음식을 불 위에 올려놓고 잊어버리면, 그 음식은 완전히 타버린다. 이상과 같이 증명됨. 그러니 그 법칙을 지켜, 조금이라도! 다른 것도 아니고 안심스테이크야, 알아? 당신은 정말로 주둥이에 금 숟가락을 물고 태어난 게 분명해. 타인에 대한 배려나 책임감이라고는 약에 쓸래도 없어, 눈을 씻고 찾아봐도 찾을 수가 없다구, 자기 아내조차 나 몰라라 하는 게 당신이니까. 당신, 애한테 함께 놀아줄 시간이 없다고 했지? 내가 다 들었어. 그게 부모가 돼가지고 할 소리야? 그애 엄마는 나니까 엄마인 내가 애를 돌봐야 한다고? 그게 말이 된다고 생각해? 게다가 당신은 너무 시끄럽게 떠들어대. 도대체 여기가 어디라고 생각하는 거야? 고구마는 어쩔 거야? 흙이 묻은 채로 그냥 먹을 작정이야, 날것으로? 내가 낑낑거리면서 고구마를 사왔으면 당신이 껍질을 벗기고 씻어야 할 거 아니야? 내가 이래라 저래라 일일이 시키기전에 알아서 해야지. 아, 정말 지긋지긋해. 우리가 한 약속을 생각해봐. 우리가 맺은 계약을 잊지 말라고. 내가 원하기만 하면 언제든 계약은 파기할 수 있어. 우리가 결혼했다고 해서 깰 수 없는 건 아니란 말이야.

애가 울고 있잖아. 나한테만 애 울음소리가 들리는 건 아닌 것 같은데? 당신은 귀가 먹었어? 애가 울지 않게 어떻게 좀 해봐!

물이든 설탕이든, 빵이든 아무거나 갖다가 좀 먹여. 점심 먹기 전에 애를 달래란 말이야. 어린 게 시간을 착착 맞춰서 악을 쓰는군. 애비랑 자식새끼가 어쩌면 그렇게 쿵짝이 잘 맞을까, 정말 기가 막힌 한 쌍이야.

어때? 잠들었어? 뭐, 모르겠다고? 애가 자는 거야, 안 자는 거야? 그건 보기만 해도 알 수 있는 거잖아! 애가 눈을 감고 있어, 뜨고 있어? 그것만 확인해보면 될걸, 거기에 무슨 대단한 비결이 필요하다고 그래? 그애가 자기 방에서 무슨 짓을 하는지 알기 위해 벽에 구멍을 뚫고 감시할 필요는 없어! 다시 가서 봐. 그렇게 쉬운 일을 맡겨도 제대로 하지 못해 쩔쩔매다니! 당신 바보야?

가스레인지 불 끄는 거 또 잊어버렸지? 뭐 하나 그냥 넘어가는 게 없어. 뭐든 내가 쫓아다니면서 일일이 뒤치다꺼리를 해야 하니, 아, 지긋지긋해. 고구마가 제대로 익고 있는지 신경 좀 써, 이제 겨우 씻어서 안쳤으니 점심 전까지 다 익을지 모르겠네. 그동안 난 조용히 텔레비전 연속극이나 봐야겠어. 그러니 제발 좀 조용히 해줘, 시끄럽게 떠들지 말라니까, 내가 좋아하는 연속극이 시작된단 말이야. 내가 좀 쉬려고만 하면 당신은 뭔가 말하고 싶어 입이 근질근질하지? 할 얘기가 있으면 점심 먹으면서 하면 되잖아. 그때까지 참아. 기다리는 법을 좀 배우란 말이야. 그렇게 떠들어댈 힘이 있으면 밖에 나가 땅이라도 파, 아니면 회사에 가서 잔업이라도 하든지. 하지만 집에서는 무조건 내 말에 따라!

애가 칭얼대잖아? 빨리 가봐, 어서! 애를 계속 울리면 정말 화낼 거야. 나 지금 바빠. 연속극 보고 있잖아. 당신이 알아서 어떻게 좀 해봐. 난 지금 애 달랠 시간이 없단 말이야. 애한테 이야기를 들려줘. 상상력이 없어서 이야기를 못 해주겠으면 책이라도 읽어주든지.

자, 밥 먹자. 애가 깨기 전에 조용하게 식사를 하고 싶어. 느긋하게 식사 한번 하는 게 이렇게 어려워서야. 어휴, 이놈의 신세. 당신, 샐러드 어디서 사왔어? 다 시들었잖아. 교도소 앞에서 샀지? 안 봐도 뻔해. 그 도둑놈들 집에서는 절대로 사지 말라고 내가 귀에 못이 박히도록 말했건만. 광장까지 가는 게 그렇게 힘들어? 그게 그렇게 어려운 일이냐구? 이따가 꼬맹이 데리고 산책 나갈 때 파슬리 좀 사와. 잊지 말고 꼭 사와야 해. 하지만 아케이드 안에 있는 가게에서는 절대로 사지 마, 노천시장에서 사라구.

당신, 열쇠 수리공은 불렀어? 현관문 자물쇠를 수리해야 한다고 내가 몇 번을 말했어? 현관문이 제대로 잠기지 않으니까 걱정이 돼서 잠을 잘 수가 없잖아.

열쇠 수리공을 부르는 건 여자가 할 일이 아니야. 내가 왜 그런 것까지 신경쓰면서 살아야 해? 게다가 자물쇠를 망가뜨린 건 내가 아니야. 아마 당신도 아니겠지. 당신도 아니고 나도 아니면 과연 누굴까? 아무래도 당신이 의심스러워. 당신은 버튼을 한 번만 살짝 눌러도 되는 걸 항상 부서져라 눌러대니까. 그래, 누가 망가뜨린 건지 이제 확실히 알겠어. 바로 당신이야.

뭐? 안 돼! 그대로 있어. 십 분 후면 애가 깰 거야. 길어야 십 분이야. 아니, 당신더러 낮잠을 자지 말라는 얘기가 아니야, 하지만 돼지처럼 잠만 퍼질러 잘 게 아니라, 여기서 나랑 인간적인 대화를 나눠도 좋을 것 같은데? 여기. 이 거실에서. 날 꼬드긴 사람은 바로 당신이야, 그러니까 당신은 나한테 잘해줘야 해. 당신은 요조숙녀처럼 얌전히 살고 있던 나를 이 년 동안이나 진드기처럼 쫓아다녔지. 그러고는 마침내 날 우리 부모님 집에서 빼냈어. 그러곤 꼬박 이 년을 내 등골을 파먹으며 살았지. 날 꼼짝 못하게 가둬놓고 노예처럼 부려먹으면서, 이 년만 고생하면 자유롭고 편안하게 살게 해주겠다고 꼬드겼어. 날 임신시키고, 나에게 침묵을 강요하고, 결국 나하고 결혼까지 했어, 대신 나에게 자유를 주겠노라며 그 모든 걸 얻어냈지. 그래놓고, 내가 지금 여기 이렇게 앉아 있는데, 태평하게 잠이 와? 내가 지금 자고 있어? 아니잖아? 아! 그래도 자러 가고 싶다면 마음대로 해. 어쨌든, 십 분 후에는 일어나야 할 테니까. 애가 기저귀를 찬 채로 똥을 싸게 놔두면 안 돼, 그애는 금방 똥오줌을 가리고 변기를 쓸 수 있게 될 거야, 그앤 뭐든 혼자 알아서 할 줄 알아야 해. 난 그 애한테 자유를 가르쳐주고 싶어.

　당신, 침대로 가서 드러눕기 전에 여기로 다시 와서 내게 뽀뽀해주고 가. 당신을 사랑해, 아주 많이.

고통, 그걸 죽여야 한다

남편은 손님들에게 나 때문에 미안하다고, 날 용서해달라고 말했다. 그리고 위층으로 나를 끌고 갔다. 그는 화가 나서 얼굴이 벌게지고 관자놀이는 땀으로 번들거렸다. 그는 꽉 움켜쥐고 있던 주먹을 간신히 펴서 내 손을 묶고, 입에다 부리망을 씌우고, 커튼을 쳤다. 나는 손님들이 다 가고 나면 그가 다시 위층으로 올라올 거라는 걸 안다. 그는 왜 그랬냐고 물을 것이다. 하지만 나는 아무것도 모른다. 그저 정신이 없었다.

그는 나를 때리고 싶겠지만 감히 그러진 못할 것이다. 그는 감정을 억제할 줄 안다. 여기서 나가고 싶다. 하지만 문이 잠겨 있다. 그는 아래층으로 다시 내려가기 전에 두 개의 자물쇠로 방문을 단단히 잠가놓았다. 그래도 소리는 들을 수 있다, 하나도 빠짐없이, 저 아래, 사람들이 떠들어대며 저녁식사를 하고 있다. 그리고 나, 나는 완전히 혼자다. 소리를 지를 수도 없다. 그가 내 입을 틀어막아놓았기 때문이다, 저 바깥에서 집을 지키는 개에 게 씌우는 부리망으로. 이렇게 해놓으면 날 물지 못하겠지, 그는 그런 핑계를 댔다. 얌전히 있어, 당신을 돌봐줄 테니까, 하지만 다신 그런 짓 하지 마, 그런 꼴은 참고 봐줄 수가 없어. 자, 이제 누워, 그리고 더는 시끄럽게 굴지 마.

나는 손으로 벽을 두드릴 수가 없어서 발로 벽을 걷어찬다. 날 멈추게 하려면 당신이 날 죽여야 해!

난 그가 어떤 행동을 취하기를 기다린다, 날 끝장내주기를, 어 느 날 내게 그래 알았어라고 말해준 그 사람에게 부탁하지 않는 다면 달리 누구에게 그걸 부탁할까?

나는 의자 위에 올라가서 창을 내다본다. 그리고 묶인 손으로 창문을 열고, 창에서 지면까지의 거리를 가늠한다. 그러고 나서, 팔은 여전히 꼼짝도 하지 못하는 채로, 펄쩍 뛰어내린다. 그리고 창에서 뛰어내렸는데도 전혀 다치지 않았다는 사실에 놀라면서, 저녁만 되면 어딘가로 사라지는 개마냥 만족스러운 표정으로 맨 발로 서늘한 흙을 밟고 서 있다. 나의 주인은 자기가 초대한 손 님들과 식탁에 앉아 있다. 부리망은 꼼짝도 하지 않고 그대로 내 입에 단단히 씌워져 있다. 그는 부리망을 제대로 씌울 줄 안다. 잠잘 시간까지 그를 방해해서는 안 된다. 하지만 나는 몸을 공처럼 말아 정원 안을 이리저리 굴러다닐 수 있다. 울타리가 있는 정원이라 위험할 건 없다. 나는 그가 즉시 식탁에서 일어나 내가 있는 풀밭으로 와 즐겁게 장난도 치고 입을 맞춰줬으면 좋겠다. 음악회에서 음악이 연주되고 있는 동안뿐만 아니라, 공연장에 나타난 유명 인사들에게 경의를 표하기 위해 관객들이 우르르 자리에서 일어날 때에도 그가 나를 꽉 껴안아줬으면 좋겠다. 하지만 그는 내 손만 잡고 있다. 그럴 때마다 나는 소리를 지르고 싶어진다. 밤마다 그가 나를 재워주고 어루만지며 용서를 빌었으면 좋겠다, 전처럼, 그러니까 이십대 초반에 그랬던 것처럼, 그가 나를 숨 막히게 해줬으면 좋겠다. 우리 딸은 열다섯 살일 것이다.

남편은 집 안에 나를 위해 특별한 방을 하나 마련해놓았다. 그는 그 방을 '아틀리에'라고 부른다. 그곳에서 그는 내게 노래를 불러보라고 한다, 내 몸 안에 잠자고 있는 악마들을 내쫓기 위해서란다. 나는 그 악마들이 잠을 자고 있다고 생각하지 않는다. 그는 내가 그들을 볼 수 있도록 방에 거울을 설치해놓았다. 하지만 나는 그 방에 들어가고 싶지 않다. 우리 딸이 쓰던 침대가 더 좋다. 우리 딸이 살아 있었더라면 열다섯 살이 될 때까지 이 침대를 사용했을 것이다. 나는 약을 먹는다, 그리고 잠을 잔다, 내 딸의 침대에서.

그가 사람들을 초대해 저녁 만찬을 하는 날이면, 나는 미소를 지으면서 점잖게 말하고 행동하려 애쓰거나, 울지도 불평하지도 끼어들지도 않고 그냥 얌전히 그 자리에 참석해 있으려고 노력해야 한다. 장난으로 벽걸이의 위치를 바꿔놓는다 해도 당신은 그걸 알아차리지도 못하겠지, 남편은 말한다. 좀더 정신을 집중해, 신경을 쓰고 귀를 기울여, 관심을 가지라구! 그는 결코 상냥하지 않은 말투로, 냉정하게 충고를 덧붙인다. 결국에는 당신도 편안하고 즐거워질 거야, 사람들과 관계를 끊으려 하지 마, 인간이란 원래 그런 거야, 계속 살아가려면 그들이 필요해.

내가 어떤 단어를 잘못 말할 때, 가령 '강가'라고 말해야 할 걸 '강간'이라고 하거나, '보시'라고 해야 할 것을 '보지'라고 하거나, '신발'이라고 해야 할 걸 '시발'이라고 하면, 내 주인은 소스라치게 놀란다. 하지만 내가 틀린 단어를 정정하고 차분하게 말을 이어나가는 걸 확인하면, 안도의 한숨을 내쉬면서 십년감수했다는 표정을 짓는다. 이번에는 다행히 잘 넘어갔군.

내가 새로 받는 치료는 효과가 있을 것이다. 끊임없이 먹어대는 진정제들, 그게 없으면 나의 증세는 악화될 수도 있다. 연질 캡슐과 경질 캡슐, 물약, 가루약, 알약, 그는 내가 그 약들을 얼마만큼 먹어야 하는지 잘 알고 있다. 그리고 항상 꼼꼼히 확인한다. 약 먹었어?

나는 그것들을 뱉어낼 거다. 식탁에서 내 옆에 앉은 사람이 겨울 스포츠에 관해 말하며 스키, 눈, 크리스마스 시즌을 좋아하느냐고 내게 묻는다. 12월? 나는 그 사람에게 묻는다, 우리 딸이 죽은 게 바로 그즈음이에요. 정확하게 12월. 정확하게, 산에서. 당신도 알잖아요? 다 알면서 왜 내게 그 얘길 하지 않는 거죠?

그런 질문들, 나는 더 낮은 소리로 그런 것들을 묻는다, 남편은 내 말을 듣고 싶어하지 않는다. 나는 단지 저녁식사에 초대된 사람들에게 고통을 던져줄 뿐이다. 그들은 식사를 마치고 집으로 돌아가면서, 그 집 여자가 정신이 나간 게 분명하다고 할 것이다. 그 사실을 알고 있다면 적어도 안됐다는 말 정도는 해줄 수 있잖아요, 나는 훨씬 더 조용하게 말한다. 예의상이라도 그래야 하잖아요.

여자들은 샴페인을 홀짝이며 내 남편이 하는 농담이나 이런저런 얘기들을 아주 예의 바르게 듣는다. 아마도 다음번에 또 오고 싶어할 것이다, 아니면 남편의 여자친구가 되고 싶어할지도 모르겠다. 하지만 나는 그들을 다시 보고 싶지 않다. 차라리 흑

단 정원에 구멍을 파고, 내 두 다리 사이에서 남근이 자라나기를 기다리고, 그 남근이 어떻게 울지 않는 남자가 되는 과정을 지켜보는 게 낫다.

우리는 각자 알아서 헤쳐나가고 있다. 우리의 슬픔은 똑같지 않다. 간혹, 나는 우리가 같은 딸의 부모인지조차 의문스러워진다. 아무것도 지나가지 않는다, 내 몸은 차갑다, 그리고 그는 다른 곳에 있다. 그는 나를 도울 수 없다, 우리는 저기 저 안, 검은 소용돌이 안에서 길을 잃었다. 처음 몇 시간 동안 우리는 말없이 침대 모서리에서 손을 맞잡고 있었다. 우리는 심각하지도 않았고, 그냥 기다리기만 했다. 장례식 날, 그는 내 손을 놓았다. 나는 생명을 탄생시켰었다, 그런데 그 생명은 죽음이 되어 내게 되돌아왔다. 그가 생각했던 건 바로 그거였다. 그는 이를 악물었다, 절대로 울지 않았다.

그는 이제 오래된 일이라고 말한다. 나는 익숙해져야 한다. 손님들이 오고 내가 사라질 때가 되면 그는 내게 명령한다, 이젠 익숙해져야 한다고. 그래서 나는 그 자리에 머무르면서 견딘다. 그는 나를 위해 그런 결정을 한 거다. 나는 안주인 노릇을 한다. 그가 말한다, 억지스럽게 굴지 마, 그냥 차분하게 있어, 진정해. 가끔씩 내 귀에 대고 아주 조심스럽게 말하기도 한다. 그가 사랑해, 라거나 뭔가 다정한 말을 할 거라고 생각하는가? 나는 훌륭하게 처신할 테니 아코디언으로 노래를 한 곡 연주해달라고 부탁한다. 그는 아무 대답도 하지 않는다.

오늘 저녁에 이이는 내 맘에는 물론이고 여러분 마음에도 들지 않는 표정을 짓고 있네요! 나는 내 말보다 내 남편의 말을 더 좋아하는 여자들, 무표정한 얼굴로 내 말을 귓전으로 흘려듣는 그녀들에게 말을 건넸다. 무표정한 게 아니야, 내가 나중에 방 안에서, 다정함도 열의도 없이 무표정한 시선으로 날 보고 있던 여자들의 천박한 얼굴에 대해 불평할 때 그는 말한다, 무표정한 게 아니야, 그는 흥분해서 벌겋게 충혈된 눈으로 되풀이해 말한다, 당신의 그 뒤죽박죽 혼란스러운 이야기를 듣고 너무 놀라 그런 표정을 지은 거야!

나는 거짓말하지 않는다, 진실을 말한다, 우리집에 온 손님들에게 내가 하고 싶은 이야기를 한다. 나는 그들이 너무 큰 소리로 떠들어댄다고 생각한다, 죽은 내 딸이 방 안에서, 아주 가까이에서 자고 있을 텐데. 그리고 내 딸이 그 자리에 없는 건 죽었기 때문이 아니다. 잘 들어보세요! 우리 애가 숨을 쉬고 있어요. 여러분의 접시에서 모락모락 피어올라오고 있는 건 그애의 작고 뜨거운 숨결이에요, 여러분이 먹으려 하는 그건 바로 내 딸이랍니다. 왜 거북해하세요? 날 보세요, 고개를 돌리지 말고 똑바로 날 쳐다보란 말예요.

그는 완전히 이성을 잃어버렸다. 그는 손님들에게 사과하면서, 나에겐 위층으로 올라가라고 명령했다. 나는 고함을 지르며 말했다, 난 당신이 나에게 내려가라고 말할 때만 올라갈 거야. 정말이지 죽고 싶어, 알아? 이젠 지긋지긋해.

나는 몸부림치면서 내 손가락 관절들을 부러뜨렸다.

나는 풀숲에 구덩이를 판다, 구덩이 속에 다리를 파묻고 있으면 다리가 아주 날씬해진다, 나는 여름과 수영복과 해변을 위해 몸을 가꾼다, 만일 그가 나를 데려가고 싶어한다면, 그가 이 멋진 집, 외로운 사람들을 돌봐주는 이 집, 지난 삼 년 동안 내가 여름을 보낸 이 집에 나를 그대로 처박아두지 않는다면. 만약 그가 나를 그곳으로 다시 한번 데려가준다면, 나는 정원에 구덩이를 팔 거다, 내가 원하는 대로 마음껏 구멍을 파서 그 안에다 똥을 눌 거다, 내 딸아이 위에 올라탔던 그 사내놈들처럼. 그 아이의 엉덩이는 더러워져 있었다. 나는 계단에 똥을 쌀 거다, 우리집에 온 손님들을 위해. 어이쿠 이런, 그들은 코를 틀어막으면서 그걸 피하겠지. 날 그런 식으로 대하고 내 입을 틀어막다니, 사람들 앞에서 그게 무슨 창피야, 그는 미쳤어.

나는 창에 입을 바짝 갖다댄다, 그들은 식탁에 앉아 있다, 나는 창유리에 대고 코를 쿵쿵거린다. 그가 나를 본다, 나는 달아난다, 나는 이를 활짝 드러내고 내 엉덩이를 물려고 애쓰면서 풀숲에서 맴을 돈다. 하지만 부리망이 씌워져 있는 입으로는 아무것도 물어뜯을 수가 없다. 그가 내 이름을 소리쳐 부른다. 나는 그의 속마음을 알아차렸다. 자기에게 달려오기를 바라는 거다. 그리고 나는 그가 날 사랑하기를, 아직도 이전처럼 사랑해주기를 바란다, 나는 그가 충분히 날 사랑하기를 바란다, 만약 그럴 수 없다면 내가 없어도 계속 날 사랑해주기를. 나는 그의 작은 숲에 세례를 준다, 나는 그의 꽃들을 발로 짓뭉갠다, 그의 비난은 듣지 않는다, 그리고 그가 내게 소리를 지르기 위해 문 앞에 나타날 때, 내가 발을 디뎠던 곳에 그가 발을 놓을 때, 나는 그의 발 위에 흙을 퍼부을 것이다, 그를 땅에 묻으려는 것처럼.

하지만 그는 밖으로 나와, 관리인에게 개를 풀어놓으라고 말한다. 그 짐승은 내 위에 올라타고, 내 목을 공격한다. 남편은 문을 닫고 아코디언을 연주하기 시작한다. 그는 사람들이 알게 되는 걸 원치 않는다, 자기가 아내의 입에 부리망을 씌워놓았는데도 아내가 소리를 질러댔기 때문에 결국 아내를 개에게 물려 죽게 하기로 결심했다는 사실을. 노래를 불러 불행을 숨길 수는 있다. 하지만 고통을 이기기 위해서는 고통을 죽여야 한다.

그는 자기 눈앞에 두 손을 갖다댄다. 그는 곧 울 것이다. 그건 우연한 사고일 것이다. 하지만 그 음악은 날 위한 것이다, 그의 작별인사다, 우리 아이가 허공에 떠다니게 된 이후로 한 번도 연주된 적이 없던 음악이다. 나는 고맙다고 말한다. 남편 대신 개가 그 말을 들을 것이다.

사회 기본구성단위로서의 가족

남편 회사의 송년 파티에 입고 갈 옷으로 빨간 드레스를 골랐다. 나는 파티에 참석할 때 검은색은 되도록 피한다. 검은색은 너무 무난해서 눈에 띄지 않기 때문이다. 미용사는 나에게 낮은 올림머리를 해주었다. 하지만 군데군데 컬이 흘러내리듯 빠져나와 있어서 자연스러워 보이는 헤어스타일이다. 남편은 아주 사소한 것도 대번에 알아차린다. 올여름, 나는 머리 염색을 하지 않고 바캉스를 갔다. 염색하는 데 비싼 돈을 들여봤자 바닷물에 몇 번 들어갔다 나오면 아무 소용이 없다고 생각했기 때문이다. 하지만 태양 아래에서 해변을 걸을 때, 남편은 내 머리 밑이 허옇게 드러나 아주 보기 흉하다면서 제발 어떻게 해서라도 그걸 감춰보라고 간청했다.

나는 은은한 향수를 섞은 우유로 다리와 목덜미에 영양을 공급했다. 남편이 교통 혼잡 때문에 집으로 나를 데리러 올 수 없어서 대중교통을 이용해야 했다. 나는 외투를 입지 않았다. 남편은 외투 보관소 앞에 줄서는 걸 아주 싫어한다. 거리에서 남자들이 고개를 돌려 나를 쳐다봤다. 그 중 한 명은 내게로 다가와 같이 술 한잔 하자는 말까지 했다. 나는 감격에 몸을 떨었다. 나는 다른 여자들에 비해 꿇리지 않을까 잔뜩 가슴을 졸이면서 파티장으로 가고 있었다. 그런데 그 낯선 남자가 친절하게도 그렇게 말을 걸어준 덕분에, 내가 아직도 매력이 있다는 걸 확인하고 안심이 되었다. 남편을 보자마자, 어떤 남자가 나에게 데이트 신청을 했다고 말해주고 싶었다. 하지만 그는 손가락을 세워 자기 입술에 갖다대면서, 이야기는 나중에 하라고 했다. 내가 말이 좀 많다는 건 나도 인정한다. 나는 틈만 나면 미주알고주알 떠들어대어 그를 숨 막히게 만든다.

그는 나를 한구석에 놔두고 사라진다. 나는 그와 멀찍이 떨어져 조용히 샴페인을 홀짝거린다. 그는 여자들 몇몇과 이야기를 나누고 내게로 돌아와서는 그녀들에게 날 소개하지 않아서 미안하다고 말한다. 그는 그 여자들의 이름을 기억하지 못한다. 그는 이따금 멍청해진다. 어떤 때는 내 이름마저 착각해서, 그의 친구들이 히죽거리며 그를 비웃기도 한다. 하지만 별 문제는 없다. 내 머리 모양이 아주 멋지다고 생각한 그는 웃는다, 곱슬곱슬한 내 머리칼을 보니 푸들이 연상된다고 하면서. 나도 따라 웃는다. 우리는 거기 오래 머물지 않을 것이다. 내 생각에, 그는 이제 돌아가고 싶어하는 것 같다.

나는 서둘러 아이들에게로 돌아가고 싶어하는 그가 고맙다. 우리의 진정한 기쁨과 즐거움은 가족에 있다. 그가 가족을 사랑하고 집에서 편안함을 느끼고 가정을 지키려 하는 한, 나는 이 세상에서 가장 행복한 아내이자 가장 자상한 어머니가 될 것이다. 파티장을 떠나면서 그가 어떤 젊은 여자에게 인사를 한다. 그는 그 여자에게 나를 소개한다, 하지만 나는 곧 그녀의 이름을 잊어버린다. 차 안에서, 그가 느닷없이 이상한 말을 한다. 그 말은 즉시 내 가슴 속으로 파고든다. 그가 내게 말한다, 여보, 아까 그 여자 말이야, 살결이 정말 끝내줘, 그렇게 부드러운 피부는 이제까지 한 번도 만져본 적이 없어.

남편과 나는 숨기는 게 전혀 없다. 우리는 뭐든 솔직하게 털어놓는다. 처음 만났을 때부터 우리는 서로에게 궁금한 게 있으면 지체 없이 물었고 솔직하게 대답해주었다. 그래도 최소한의 프

라이버시는 있어야 하지 않느냐고? 개인적인 감정이나 민감한 부분들은 각자 은밀하게 간직해둬야 하지 않느냐고? 우리는 그런 건 유치하고 시대에 뒤떨어진 거라고 생각했다. 그래서 서로에 대한 의문이나 불신 때문에 소모전을 벌일 필요가 전혀 없었다. 친구들 대부분은 젊었을 때의 화려했던 전력을 어리석은 과거라고 부끄러워하고 지금의 배우자를 얻기 위한 일종의 통과제의였다면서 애써 숨기려 들었다. 하지만 남편과 나는 그런 생활 방식을 택하지 않았다. 나는 그에게 모든 걸 이야기하고, 그 역시 나에게 아무것도 숨기지 않는다.

모든 게 기름칠 한 듯 순조롭게 굴러간다. 우리는 행복을 만들어나갈 줄 안다. 나는 직장에서 돌아오면 아이들의 숙제를 봐준다. 아이들이 숙제를 끝마치고 자기들끼리 노는 동안, 나는 저녁식사를 준비한다. 이윽고 남편이 돌아온다. 남편은 넥타이를 풀고 우리와 함께 식탁에 앉는다. 그는 즉시 자신이 고안한 교육적인 게임을 시작한다. 아이들과 나는 그가 내는 교양 문제들에 답을 하면서 즐거운 시간을 보낸다. 남편 없이 저녁식사를 할 때도 있다. 하지만 그럴 때도 나는 남편에게 전화를 걸어 먼저 식사를 한다고 꼭 알려준다, 남편이 서운해할 수도 있겠지만. 그를 기다리지 않고 우리끼리 먼저 식사를 하는 건 그를 무시해서가 아니다. 아이들이 배고픔을 참지 못해 식사 전에 이것저것 주전부리를 할까봐 그러는 것뿐이다. 식사를 마치고 나면 우리는 각자 하루를 어떻게 보냈는지 이야기한다. 그리고 이때 남편이 자기가 보낸 하루에 대해 이야기보따리를 풀어놓지 않는 건, 아이들에게 더 많이 이야기할 기회를 주기 위해서이다. 나도 마찬가지다. 내가 오전 열시에 핫초코 한 잔을 마셨다거나, 오렌지 열두 개를 얼마에 샀다거나 하는 것들을 일일이 아이들에게 보고할 필요는 없다. 만약 아이들 중 하나에게 어떤 문제가 있다면, 남편과 나는 둘이서 먼저 그 문제에 관해 충분한 대화를 나눈다. 대화를 나누는 도중에 만약 남편이나 내가 흥분을 하면, 둘 중 한 사람이 상대방에게 조용히 하라는 신호를 보낸다. 그리고 우리가 너무 흥분해서 둘 다 자제를 하지 못하는 경우에는, 위험 수위에 도달했다는 것을 알리기 위해 아이들 중 하나가 손가락을 입술에 갖다대고 쉬잇, 하는 소리를 낸다. 우리에게 의혹이나 비밀 같은 건 전혀 없다. 우리의 생활양식은 변함없이 순조롭게 굴러가고 있다. 그리고 우리는 이 양식을 절대로 바꾸고 싶지 않다. 나는 친정집이나 시댁으로 점심 먹으러 가는 걸 아주 좋아한다. 시어머니는 '내 귀여운 아가'라고 부를 정도로 나를 예뻐해주신다. 그리고 친정아버지와 남편이 커피를 마시면서 이야기를 나누는 동안 친정엄마와 내가 아이들을 데리고 나들이를 갈 때면, 나는 내 인생이 너무나 완벽하게 느껴져서, 이 행복을 베어 쓰러뜨리려면 얼마만큼 날카로운 칼날이 필요할까 궁금해질 정도이다. 친구들과 함께 보내는 주말 역시 우리가 얼마만큼 서로 완벽하게 결속되어 있는지 다시 한번 증명해준다. 아이들은 우리의 본을 보고 그대로 따라할 것이다. 그건 확실하다. 나는 우리 가정의 조화와 통일을 책임지고 있다. 그걸 위해서 나는 노력을 아끼지 않는다. 뭐든 공짜로 얻어지는 건 없다. 이따금씩 내 성질에 맞지 않아 짜증이 날 때도 있다. 하지만 전반적으로, 나는 살림하는 걸 좋아하고 가정생활을 사랑한다. 심지어 장례식 치르는 것도 좋아한다. 장례식에서 나는 아무리 슬퍼도 식사와 차를 예쁜 그릇에 담아내고, 사람들의 비위를 맞추면서 분위기를 띄운다. 시아버지가 돌아가셨을 때는 그분의 관 뒤에 일렬로 늘어선 우리 가족의 모습이 너무도 품위 있고 의젓해 보여서, 우리를 도와주러 온 어떤 친구는 몰래 숨어서 우리 사진을 찍기까지 했다.

파티에서 만난 여자의 부드러운 살결에 관해서 말하자면, 나는 그것을 모르는 척 덮어버려야 할 것인지 아니면 문제를 지적하고 당장 대화를 나누어야 할 것인지 잠시 망설였지만, 결국 좀더 두고 보기로 결정했다. 나는 절대로 친구에게 그런 이야기를 털어놓으며 위안을 얻으려 하지 않을 것이다. 우리 부부를 완벽한 신뢰와 사랑을 실천하는 모범 부부라고 철석같이 믿고 있는 친구의 믿음을 깨뜨리고 싶지 않다. 그리고 나는 사람들로부터 부러움을 사는 게 정말 좋다. 그래서 파티장의 그 여자는 피부가 비단결 같은데 내 피부는 질긴 가죽 같아 파충류가 된 듯한 기분이 든다면, 내 생각이 틀렸는지 맞는지 알아보기 위해 책을 찾아볼 것이다. 그러고 나서 이 상황에 정확하게 어울리는 단어들을 찾아낼 것이다. 나는 노골적인 문장, 이를테면, 여보 난 있잖아, 알프레드의 물건처럼 크고 단단한 건 태어나서 처음 봤어, 같은 문장을 남편에게 내뱉을 정도로 비열해지지는 않을 것이다. 아! 아니, 그런 말은 절대로 하지 않을 것이다, 그런 말은 머릿속으로 생각하는 것만으로도 충분하다. 그리고 사실 그런 걸 좋아할 나이도 이미 지났다. 나는 손가락으로 나 자신에게 쉬잇, 하고 경고한다.

그렇지만 이번만큼은 웬일인지, 다른 여자의 피부에 대한 그 대수롭지 않은 말 한마디에 나는 예리한 칼날로 난도질을 당한 양 격렬한 통증을 느꼈다. 나는 아이들 앞에서는 항상 신중하고 분별 있게 행동하자는 우리 부부의 협약을 예외적으로 위반하면서, 저녁식사 시간에 이 문제를 논의하기로 마음먹는다.

"여보, 난 아무래도 이해할 수가 없어, 요전 날 저녁에 당신이 그 여자의 살결에 대해 빗대어 한 말 말이야."

"어떤 여자?" 큰 아이가 부엌으로 칼을 가지러 가면서 묻는다. 작은 아이는 들고 있던 냅킨을 꽉 움켜쥔다.

"난 당신 파티에 따라다니는 들러리도 아니고 당신의 술친구도 아니야. 당신이 그런 말을 나한테 한 건 분명히 잘못이라고 생각해. 그 말을 듣고 난 이후로 난 온갖 쓸데없는 상상을 하게 돼. 미안해, 여보."

남편이 손가락으로 쉬잇, 하고 신호를 보낸다. 하지만 작은 아이가 끈질기게 묻는다.

"어떤 여자?"

"회사 직원이야, 그리고 이건 너희하고는 아무 상관없는 일이야." 남편이 대답한다.

"아니, 우리하고 상관 있는 일이야!" 큰 아이가 소리친다. "그렇지, 엄마?"

"물론이지, 얘들아. 대화를 계속하자구나, 그래서…… 당신은 왜 친한 남자친구들 사이에서나 주고받는 그런 말을 내게 한 거야?"

"여보, 그 여자랑 난 아무 사이도 아니야."

"그래, 알았어! 하지만 다시 한번 묻겠어. 당신은 왜 그 여자의 살결이 부드럽다고 나한테 말한 거지? 아무 사이도 아니라며?

그 여자를 한 번 만져보지도 않았으면서 어떻게 그걸 알아?"

"아빠 그 여자 살결이 부드럽다는 걸 어떻게 알아?" 큰 아이가 묻는다. "만져봤어?"

"아빠 엄마 외에 다른 여자를 만져선 안 돼!"

"그러니까, 어서 대답해! 말 안하고 얼렁뚱땅 넘어가려 하지 마. 우린 끝까지 대답을 들을 테니까. 자, 어서, 여보! 당신, 그 여잘 만져본 거야?"

"응."

"자주?"

"아니. 나도 잘 모르겠어……"

"그게 뭐야, 잘 모르겠다니? 당신이 모르면 도대체 누가 알아?"

"아빠 미워!" 작은 아이가 포크를 집어들면서 고함을 지른다. "아빠 왜 그 여자를 만진 거야?"

"아침에 출근해서 서로 인사할 때, 그리고 가끔씩 퇴근 인사할 때도. 그리고 언젠가 한번은 그 여자가 갑자기 쓰러져서 내가 부축해 일으켜준 적이 있어."

"그 여자가 왜 쓰러졌는데?"

"그걸 내가 어떻게 알아, 갑자기 어지럼증이 생겼거나 독감에 걸렸나보지, 어쨌든 난 몰라!"

"아빠 그 여자를 사랑해? 엄마와 헤어질 거야?" 작은 아이가 그렇게 외치면서 파이를 포크로 찍어들고 자기 아빠를 위협한다.

"물론 아니야!"

"여보, 그래도 그런 말을 했다는 건 기억하지? 그건 내가 꾸며 낸 말이 아니야, 그렇지, 여보?"

"잘 모르겠어."

"기억상실증에 걸린 거야, 아니면 정직하지 못한 거야? 애들아, 너희가 증인이 되어줘! 아빠가 거짓말을 하고 있어!"

"난 거짓말을 하고 있는 게 아냐!" 남편은 의자를 박차고 일 나며 소리친다.

"그런데 왜 일어나는 거야?"

"자리에 앉아!" 큰 아이가 고함을 지른다.

"여보, 문제는 아주 간단해, 뉘우치고 있는 거야? 그렇다면 용서를 빌어, 그리고 그걸로 끝내자!"

"아빠 지금 아니라고 하는 거야, 그렇다고 하는 거야?" 큰 아이가 묻는다.

"아 그래, 너, 정말 대단하구나!" 아이의 아버지가 으르렁거린다.

"그래, 당신 아들 아주 대단해!"

"대화!" 작은 아이가 소리친다.

"조용히 해!" 아버지는 아이의 입에 손가락을 갖다대며 말한다.

"내 아들에게 손대지 마, 그리고 빨리 모든 걸 털어놔!" 내가 고함을 지른다.

"그래, 알았어. 난 그 여자를 만졌어. 사과할게. 하지만 내가 뭘 잘못했는지는 모르겠어. 난 내가 그 여자의 어디를 만졌는지도 몰라. 그 여자가 내 눈앞에서 쓰러지기에 그냥 부축해준 것뿐이야."

"아하, 그런 거로구나!"

우리 세 사람은 안도의 한숨을 내쉰다.

"자, 이제 그 문제에 관해서는 두 번 다시 입 밖에 꺼내지 말자! 나는 아빠가 모든 걸 다 이해했다고 믿어. 그렇지, 여보? 자, 이제 식탁을 치우고 영화를 보자꾸나. 어떤 영화를 볼지는 아빠가 결정하실 거야."

"아냐, 내가 할 거야!" 작은 아이가 말한다.

"아냐, 내가 할 거야!" 큰 아이가 지지 않으려고 더 큰 소리로 말한다.

"쉿!" 남편이 손가락을 세운다.

그리고 우리는 모두 함께 입술에 손가락을 갖다댄 채, 텔레비전 수상기 앞으로 다가간다. 남편과 나는 손을 잡는다. 우리는 대화를 통해 문제를 해결했고, 우리 가족의 견고한 결속을 다시 한번 확인했다. 가장 중요한 건 대화를 하는 것이다. 그리고 끝 난 다음에는 그 문제를 가지고 물고 늘어져서는 안 된다. 지나치게 물고 늘어지다가는 위험한 상황이 벌어질 수도 있으니까.

내 사랑

그녀가 내 앞에서 걸어가고 있다. 그녀는 자기 아버지의 손을 잡고 마치 신을 우러러보듯 아버지를 올려다본다. 길을 건너기 전에, 그녀의 아버지는 그녀가 맨발에 신고 있는 작은 구두에 묻은 진흙을 털어준다. 그는 그녀의 구두에 침을 퉤퉤 뱉는 시늉을 한다. 장난을 쳐서 그녀를 즐겁게 해주려는 것이다. 그녀가 웃는다, 아주 활짝, 그 나이의 아이가 웃는 웃음이라고 믿기지 않을 정도로 외설스럽게. 나는 계속 그들의 뒤를 따라간다. 그녀는 마치 남편을 아빠라고 부르는 젊은 여자들처럼 그를 '아빠'라고 부르면서 그의 팔을 잡고 걷는다. 빵가게 앞, 그녀는 과자들 쪽으로는 고개도 돌리지 않는다, 아니면 그쪽을 아주 잠깐 쳐다보지만 즉시 그를 향해 미소를 짓는다. 그리고 그가 그녀에게 뭔가

를 물으면, 가령 피곤하니? 배고프니? 덥니? 쉬고 싶니? 라고
물으면, 아니라고 대답한다. 귀찮은 아이로 여겨질까 두려워서.

나는 몇 주 전부터 그들을 뒤쫓고 있다. 나는 그녀가 마음에
들어할 방을 꾸미기 위해 매일 한 가지씩 정보를 수집하고 있다.
그녀는 남자를 어떻게 다뤄야 하는지를 안다. 그건 본능처럼 그
녀의 몸에 배어 있다. 어떤 남자든 아주 쉽게 유혹할 것이다. 그
녀의 아버지는 한 남자에게만 매달리는 딸의 천부적인 끼를 분
명히 느끼고 있을 것이다. 만약 그가 그녀를 정말로 사랑한다면,
그는 겁이 날 것이다. 그가 그녀를 진정으로 사랑한다면, 더는
남자의 마음을 사로잡는 법을 그녀에게 가르쳐주지 않을 것이
다. 나는 그녀가 그의 마음에 들고 싶어 자신의 본성을 거스르며
필사적으로 애쓰고 있다는 것을 느낄 수 있다. 그녀는 그의 마음
에 들기 위해서라면 자신의 취향과 충동을 무시할 준비가 되어
있다. 아버지의 마음을 사로잡기 위해서라면 타고난 성격까지도
바꿀 수 있다. 어쩌면, 그녀는 그와 함께 이 도시를 이리저리 오
랫동안 걸어다니는 것보다는 철봉과 미끄럼틀과 모래판이 있는
놀이터나 수영장, 동물원, 젤리사탕을 더 좋아할지도 모르고, 그
가 방금 병마개와 나뭇잎으로 만들어준 장난감보다는 진짜 장난
감을 더 좋아할지도 모른다. 하지만 그녀는 뜨거운 군밤을 세상

에서 제일 맛있는 과자처럼 와작와작 씹어먹고, 그 장난감을 소중한 보물인 양 가슴에 꼭 끌어안는다. 그녀는 박물관으로 들어간다. 그녀는 납 병정들이 늘어서 있는 진열대를 쳐다본다. 그리고 인형들 쪽으로 잠시 고개를 돌리긴 했지만, 아버지가 군대의 계급과 유명한 전투들에 대해 설명하는 것에 계속 귀를 기울인다. 그는 심지어 누구나 다 아는 군가를 불러주기까지 한다. 그는 그녀에게 거리 이름들을 읽어보라고 한다. 그는 창유리에 코를 바짝 갖다붙이는 시늉을 하거나, 두 발을 모아 개똥을 깡충 뛰어넘는 시늉을 하기도 한다. 그녀는 웃는다. 자기 뒤에 있는 나를 보지 못한 채.

토요일 정오, 그는 학교 앞에서 그녀를 기다린다. 그와 그녀는 집으로 돌아간다. 그리고 집에서 함께 점심을 먹은 후 다시 외출한다. 하지만 어머니의 모습은 전혀 보이지 않는다. 심지어 외투를 어떻게 입어야 하는지 그녀에게 가르쳐주는 것도 그다. 나는 자기 아빠를 그토록 사랑하는 아이, 그래서 자기 아빠를 마치 남편을 부르듯 '아빠'라고 부르는 아이는 본 적이 없다. 그녀는 단한 명의 남자를 위해 태어났다. 그런데 그 남자는 그녀를 속인다. 그건 분명하다. 장담할 수 있다. 나는 그들의 뒤를 밟고 있다. 그래서 여자들이 그를 쳐다본다는 걸 알고 있다. 하지만 그는 다른 여자들의 시선보다 그녀의 천진난만한 눈동자를 더 좋아한다. 그리고 그녀의 손은 다른 여자들의 손보다 더 작고 더 가볍지만 더 강하다.

그래서 나는 그녀를 유괴한다. 학교에서, 나는 그녀를 기다린다. 그녀에게 난 네 아버지의 친구라고 말한다. 집으로 가는 동안 나는 그녀가 앞으로 살게 될 작은 방에 대해, 그리고 내가 그녀를 위해 만들어놓은 어린 여자아이의 세계, 병정들 대신 인형들이 있는 세계에 대해 그녀에게 이야기해준다. 그녀는 집 안으로 들어가기 전에 아빠를 만나보는 게 더 좋겠다고 말한다. 그녀는 집 안에서 그를 부른다, 아빠, 아빠, 여기 있어? 그래서 나는 그녀를 즐겁게 해주려고 그녀의 아버지처럼 그녀의 등을 손가락으로 가볍게 튕긴다. 그녀는 내 집으로 들어간다. 그리고 우리는 열쇠로 문을 잠그고 집 안에 틀어박힌다.

그녀는 입을 다물기로 결심하고, 코를 앞으로 처박고, 눈을 찡그린다. 나는 그녀를 모호한 미궁 속에 그냥 두지 않고 그녀를 안내한다. 나는 그녀를 잃어버리지 않는다. 나는 그녀에게 형태를 부여한다. 그녀를 그리는 것이다, 그녀의 육체가 변하기도 전에, 내가 색깔을 바꾸어놓은 그 작은 방에서 이미 사춘기 소녀가 된 그녀의 모습, 그리고 여인으로 변하게 될 그녀의 모습을 그린다. 나는 그녀를 애지중지 돌본다. 그녀에게 신문과 책들을 준다. 우리는 영화, 텔레비전에서 틀어주는 영화가 아니라 극장에서 진짜 영화를 본다. 나는 그녀를 교양 없는 주부로 만들지 않을 것이다. 그녀는 사람을 바보로 만드는 텔레비전을 봐서는 안 된다. 그녀는 기지가 넘치고 개성이 강하다. 그녀는 세상 어디에도 존재하지 않는 사춘기 소녀다.

어느 날, 그녀에게서 폭력성이 싹튼다. 그래서 그녀가 갑자기 집안일이나 빨래도 하지 않을 거고 꽃꽂이도 하지 않겠다고 말할 때, 자기는 내 하녀가 아니고 내 아내도 되지 않을 거라고 말할 때, 자기는 집 안에서 키우는 애완동물, 햄스터, 기니피그, 기껏해야 고양이 같은 동물에 지나지 않는다고 말할 때 나는 그녀를 이해하지 못한다. 그리고 그녀는 일부러 음식을 먹으면서 말을 하려 한다. 입 안에 음식이 가득 든 채로 말을 하면 내가 혐오감을 느낄 거라고 생각하기 때문이다. 그녀는 즐거운 청소년 시절을 보냈다. 그녀는 내가 가르쳐준 규칙들을 이해했다. 손은 수건으로 닦지 않고 그냥 말린다, 걸을 때는 쿵쾅거리지 않고 조용히 걷는다, 순리를 거스르는 행동은 하지 않는다, 어떤 자리에서든 분위기에 적응한다, 상대방의 리듬에 맞춰준다, 항상 부드러

운 머릿결, 깨끗한 치아, 미소를 간직하고 우울해하지 않는다,
배고픔이란 걸 모르고 따뜻한 집에서 살며 저녁마다 다정하게
인사를 건네주는 사람이 있는데 우울해질 이유가 어디 있는가.

그녀는 여자다. 그녀는 여기서 떠나고 싶어한다. 내가 예의범
절을 가르쳐 키운 내 사랑은 자기를 가둬놓았다고 나를 비난한
다. 그녀는 주먹으로 벽이나 테이블, 때로는 나까지 쾅쾅 두들겨
댄다.

나는 무너져내린다.

저녁마다 그녀가 아버지를 부를 때, 나는 재빨리 달려간다. 나
는 그녀의 침대맡에 서서 그녀의 손을 잡는다. 그녀는 마치 신을
쳐다보듯 나를 올려다본다. 하지만 어느 날, 그녀는 키가 훌쩍
커버렸다. 그녀는 곧 열일곱 살이 된다. 그녀가 팔로 내 목을 감
싼다. 나는 그곳에 있다, 그녀를 부드럽게 껴안으면서 말한다,
이제 난 너를 사랑할 거야.

나는 울부짖는 아버지를 생각한다.

118

나는 남자를 질리게 한다

 여기까지 오는 데 세 시간 가까이 걸렸다. 집집마다 확인하면서, 엄청나게 헤매고 나서야 가까스로 이곳에 도착했다. 게다가 아는 사람 하나 없는 이 생일 파티에 참석하면 나에게 어떤 이익과 손해가 있을지 재어보느라 허비한 날들은 계산에 넣지도 않았다. 나는 엄청나게 망설이다 마지못해 왔다. 내 성격 탓일 게다. 그렇지만 계속 독신으로 지내고 싶지는 않다. 제 짝을 만날 기회를 마다해서는 안 된다.

 나는 남자에게 쉽게 빠지는 타입이지만, 실속은 전혀 없다. 방금 여기서 그다지 관심 가지 않는 한 남자를 만났다. 그런데도 그와의 만남을 이어가고 싶다. 그는 부모님은 어디에 있냐고 묻는다. 나는 이미 혼자 외출할 나이라고 대답한다. 그는 조금 전의 질문을 되풀이한다. 자기가 말한 건, 부모님이라기보다는 일행이 누구냐는 뜻이었다고 설명한다. 여기, 우리가 있는 이 방 안에, 사람들이 춤추고 있는 이 방 안에 내 일행이 어디 있는지. 그게 그와 무슨 상관인가? 나는 그에게 되는대로 아무나 가리켜 보인다. 그는 오늘이 생일인 여자와 내가 어떤 관계인지 알고 싶어한다. 이어붙인 천 조각 같은 사이? 그래요, 그래, 당신이 원한다면 아주 먼 사촌이라고 해두죠.

우리는 정원을 걷는다. 조약돌에 하이힐이 흠집 나지 않게 하려고 나는 다리를 절뚝거린다. 다쳤어요? 그가 묻는다. 뭐라고요? 내가 되묻는다. 당신 다리! 아, 아뇨, 그냥 구두 때문이에요. 그는 실망한 표정이다. 나를 도와줄 준비가 된 남자? 이 남자 의외로 괜찮은 사람일지도 모른다는 생각이 든다. 나는 나를 측은하게 생각해줄 남자 때문에 다리를 절고 싶어진다.

그는 자기가 좋아하는 것들에 대해 이야기한다. 특히 테니스를 열정적으로 좋아한단다. 그는 공을 따라 달려야 하는 상황이 벌어지면 언제든 물불 가리지 않고 달리기 시작한다. 게다가 그는 잘나가는 선수란다. 어느 정도로 잘나가는지는 모르겠지만. 어쨌든 그의 그런 열정에 나까지 사로잡힐 것 같다. 하지만 나는 벌써부터 그 열정이 사라지기를 바라고 있다. 나는 그의 취미 때문에 우리 사이가 벌어지는 걸 원하지 않는다. 오늘 저녁, 나는 그를 껴안을 것이다. 오늘밤, 우리는 사랑을 나눌 거다. 그리고 내일, 나는 그가 자신의 마지막 시합을 즐기는 걸 구경하는 거지. 그가 이기면, 환호성을 질러대며 박수를 보낼 거야. 그리고 달려가 축하해줘야지. 정말 근사할 거야. 우린 그의 우승컵에 시원한 샴페인을 가득 채울 거야. 그리고 공식적인 우승 축하 파티를 피해 달아나는 거지. 테니스 연맹의 여자들은 내가 부러워 죽으려고 하겠지. 코치는 그를 만나려고 적어도 스무 번은 메시지를 보낼 거야. 그는 내게 그 메시지들을 들려주겠지, 잔뜩 화가 나서 악을 써대는 코치를 비웃으면서 말이야. 너 미쳤어? 지금 모두가 널 기다리고 있어, 메시지 받는 대로 냉큼 달려와! 밤이 오면 그는 마침내 클럽으로 돌아가 자기한테 함부로 명령해대는 코치의 얼굴을 뭉개버리는 거지. 그는 테니스를 그만둘 것이고, 복싱도 끝낼 거야. 나는 차를 운전할 거야, 황금 휠이 장착된 검은 세단, 그걸 몰고 약국으로 가서 마우스피스를 사는 거지. 닳아서 교체한 황금 휠들은 펜던트로 만들어 달고 다녀야지.

그는 축구도 좋아한다. 그는 축구를 하고 있긴 하지만, 동호회를 만들어 꾸려나가는 건 정말 어려운 일이라고 생각한다. 어떤 회원들은 자주 지각을 하고, 어떤 회원들은 출장중이고, 게다가 유감스럽게도 온갖 부류의 인간들이 모여 있다. 그는 배를 타고 항해하는 것도 아주 좋아한다. 나는 배 멀미를 한다. 하지만 곧 익숙해질 것이다. 그리고 우리는 항구에 닿을 것이다. 지중해의 어느 항구에.

이번 여름에 어디로 갈 거예요? 아무 데도 안 가요, 내가 그에게 대답한다. 하지만 생각해둔 데가 있긴 해요, 날 집으로 초대한 친구들이 있거든요, 그래도 아직 결정을 내리진 못했어요. 그는 항해를 떠난다, 마르세유에서 배를 타고 코르시카 섬을 향해 나아가다가, 바람을 따라 이리저리 떠다닌다.

"위험하지 않아요?" 내가 묻는다.

"아, 그렇지 않아요, 난 바다를 잘 알거든요."

"두 달 전에 터키에 있었어요, 바다는 말할 수 없이 아름다웠지만 파도가 아주 거칠었죠. 수영을 하고 있는데 파도가 날 삼켰어요, 하지만 정말로 끔찍했던 건, 있잖아요 들어봐요, 특히 이 부분을 잘 들어야 해! 글쎄, 내 비키니 어깨끈이 나도 모르는 사이에 햇빛에 녹아버린 거야! 난 그 황당했던 순간을 잊을 수가 없어요. 아주 얇은 투명 어깨끈이었거든요."

그는 앞만 바라보고 있다, 내 말은 듣지 않는 것 같다. 나는 그 바캉스 기간 내내 비키니 대신 원피스 수영복을 입어야 했어요. 그래서 선탠도 하지 못했고, 그 덕분에 지금까지도 우스꽝스러운 자국이 몸에 남아 있어요. 하지만 난 추억을 위해 그 수영복을 간직하고 있어요. 그리고 그 수영복이 남긴 우스꽝스러운 선탠 흔적은 당신 혼자만 보게 될 거야, 나중에, 내 옷을 벗길 때.

그는 터키가 아닌 다른 것들에 대해 묻는다. 예를 들어, 일요일마다 내가 그 도시에 오는지, 그가 이제 막 정착한 그 구역에 내가 살았던 적이 있는지, 이사할 생각은 없는지. 그런 걸 묻는 이유가 뭘까? 나는 경계심을 늦추지 않는다. 그의 이름이 마음에 들지 않는다. 왠지 멍청하고 느끼하다. 나는 그에게 성이 뭐냐고 묻는다. 쿨리에. 보리스 쿨리에. 쿨리에가 마리아니크와 결혼서약을 한다. 너무 둔하고 촌스러운 느낌이다. 하지만 결혼을 하고 나서도 내 성을 그대로 사용할 수 있다, 요즘에는 성을 마음대로 선택할 수 있으니까. 우리가 낳은 아이들은 쿨리에 르동이나 르동 쿨리에로 불릴 것이다. 그런 식으로 불려도 문제될 건 없다. 우리 아이와 결혼할 상대 역시 두 개로 된 성을 갖고 있지만 않다면. 그런데 만약 그들이 각각 두 개로 된 성을 갖고 있는 경우라면 결혼 후의 성은 네 개가 될 것이다. 그래서 그 넷 중에서 둘은 없애야 할 것이다, 각자의 성에서 하나씩. 하지만 어떤 성을 없애야 할까? 가령 우리 딸 폴린, 즉 '폴린 쿨리에 르동'이 가령 루이, 그러니까 '루이 오탕 라라'라는 이름을 가진 아주 멋

있고 다정하고 자상하고 유머가 풍부한 남자와 결혼할 경우, 그들은 어떻게 해야 할까? 폴린이 자기 남편의 성을 따르겠다고 결심할 수도 있을 것이고, 아니면 자기 엄마인 나처럼 자기 성을 간직하겠다고 마음먹을 수도 있을 것이다. 그런데 그들이 아이들을 낳으면 어떻게 되는 거지? 쿨리에 라라? 오탕 르동? 오탕 쿨리에? 아! 정말 듣기 거북한 이름들이다. 당신 성은 어디서 유래된 거죠? 나는 그에게 묻는다.

"내가 태어난 도시 이름에서요."

"그럴 거 같았어요."

그는 춤추기 전에 뭐가 간단히 먹자고 제안한다. 나는 별로 먹고 싶은 생각이 없다고 대답한다. 뷔페, 그건 일종의 함정이에요. 자기도 모르게 음식을 마구 먹어치우게 되죠. 그래서요? 그가 묻는다. 그래서 뚱뚱해지는 거죠!

나는 그의 손을 잡는다. 그는 어정쩡하게 손 잡힌 채로 있다가, 문을 여는 척하며 은근슬쩍 손을 빼낸다. 수줍음을 타는 모양이다. 나는 접시에 쿠키를 담아 그에게 가져다준다. 그는 고맙다며 사양한다. 그때 나는 알아차린다, 그의 피부가 아주 지저분하다는걸. 게다가 그는 손톱을 물어뜯는다, 혐오감을 불러일으키는 행동이다.

"손가락 끝이 왜 그렇게 빨개요? 당신도 알고 있어요? 손톱을 물어뜯는 거예요?"

"네에, 뭐, 약간."

"약간? 정말 흉측해! 그 나이에 아직도 그런 짓을 하다니, 정말 이상한 사람이네. 어렸을 때 엄마 젖 못 먹고 자랐어요? 대답하지 않는군요, 말하기 곤란해요? 어렸을 때 누가 당신 인형을 뺏어갔나요? 그런 얘긴 하고 싶지 않아요? 내가 약을 줄게요. 그걸 바르고 하룻밤만 자고 나면 말끔하게 나을 거예요. 자! 우리 춤춰요, 싫어요?"

"조금 있다가요."

"좋아요, 기다리죠."

그는 우리를 초대한 주인의 여동생과 춤을 추기 위해 사라진다. 얼굴만큼이나 보기 흉한 옷차림을 한 그 여자를 그날 저녁 내내 상대 없이 구경만 하게 해서는 안 될 테니까. 하지만 벌써 그가 되돌아온다. 나는 그에게로 다가간다.

"그 여자에게 춤을 청하다니, 정말 자상하군요! 가엾은 여자, 정말로 못생겼어! 이제 나랑 출래요? 어머, 나 이 노래 정말 좋아하는데, 이건 내 노래야!"

나는 그의 품속으로 살짝 들어간다. 그리고 그의 얼굴을 쳐다본다. 치료를 한다 해도 그의 얼굴에 덕지덕지 앉아 있는 화농

자국들은 사라지지 않을 것이다. 나는 살 속으로 파고든 그의 털들을 뽑아주고 싶다. 바늘과 가느다란 집게를 이용해서, 꼼꼼하게 하나하나. 그는 더워하고 있다. 창문들은 꼭꼭 닫혀 있고 방 안에는 손님들이 가득 차 있다. 그걸 알면서도 나는 그에게 말한다.

"어머, 땀을 흘리고 있군요…… 술 마셨어요? 밖으로 나갈래요?"

"더워서 그래요."

"왜 더울까?"

나는 그의 목덜미 옆에서 모험을 감행한다. 나는 그의 귀에 대고 노래를 부른다. 그리고 그가 입맞춰주기를 기다린다. 하지만, 갑자기, 그는 가야겠다고 말한다. 나는 그러라고 한다. 당신 좋을 대로 해요, 나는 그에게 말한다, 자, 그럼 가요! 하지만 보리스는 이미 저만치 앞서가고 있다.

"난 오토바이를 타고 왔어요, 그리고 여분의 헬멧은 없어요."

그는 구차한 변명을 한다.

그는 벌써 밖에 나가 있다.

"집주인에게 인사도 안 하고 갈 거예요?"

"다음에 만나요." 그는 그렇게 대답한다.

"어떻게 만나? 내 이름은 전화번호부에 나와 있지 않아요! 날 어디서 만날 수 있는지 알고 싶어요?" 나는 그에게 묻는다, 아주 의연한 태도로.

"아뇨, 됐어요, 내가 물어볼게요."

"난 루주 리스트*에 가입되어 있다구요!"

"내가 물어볼게요!"

도대체 누구한테 물어본다는 거야?

내가 또 남자를 질리게 만들었나보군.

---

* 가입자들의 전화번호가 유출되지 않도록 보호하기 위한 프랑스텔레콤의 서비스.

심장 뽑아내기

이건 사랑을 끝내야 하는 두 영혼에 관한 이야기다. 둘 중 한 영혼은 자신이 너무 늙었다고 생각하기 때문에, 그리고 다른 한 영혼은 쫓겨났기 때문에 사랑을 끝낼 수밖에 없다. 이제 그 남자는 그 여자를 원하지 않는다, 그는 그녀가 너무 젊다고 생각한다. 그녀는 그를 맹목적으로 추종한다, 그녀는 그를 붙잡고 싶다. 그녀는 말한다, 내가 당신보다 먼저 죽을 수도 있다고, 내일 당장 죽을지도 모른다고, 어떤 미치광이에게 살해당할 수도 있고, 트럭에 치여 죽을 수도 있다고. 남자는 자기도 모르는 건 아니지만 그래도 자기는 그녀에 비해 너무 늙었고, 그래서 그녀를 거부할 수밖에 없다고, 그들은 헤어져야 한다고, 여기서 멈춰야만 한다고 말한다. 그들은 그 말을 하기 위해 다시 한번 만난다.

그는 그녀가 이해하기를 바란다. 그는 그녀에게 그 말들을 되풀이한다, 그의 가장 깊은 내면에서 우러나온 말들. 그녀는 그의 말을 듣는다. 너무도 깊은 충격으로 세상이 무너지는 것 같다. 그녀는 말한다, 내겐 당신밖에 없어요.

뭔가가 끝났어, 이미, 내 속에서 뭔가가 시들어가고 있어. 뭔가가 닫혀버렸어, 그가 말한다, 그리고 너, 너는 너무나 고결해. 내 심장이 뿌리째 뽑히는 것 같아, 내 아름다운 여인, 나는 너를 딸처럼 대했어야 했어, 나를 좀 봐, 정말 우스꽝스러워, 심지어 내가 하는 말에서도 늙은이 냄새가 나. 게다가 나는 전축이니 디스코텍이니 하는 케케묵은 단어들을 써. 그리고 툭하면 '옛날에는'이라고 하지. 간혹 연모라거나 연정이라는 단어를 쓸 때도 있어. 만약 내가 내일 죽는다면, 누가 네 옆에 있어줄까? 그걸 생각하면 내 심장이 뿌리째 뽑히는 것 같아, 내가 어떤 꼴을 하고 있는지 한번 봐. 나는 쉰 살이야. 넌 스무 살이고. 이제 떠나, 제발 부탁이다. 내 손을 봐, 내 사랑, 너는 또다른 손을 찾을 거야, 더 강하고 더 단단한 손, 네가 필요로 하는 손, 네게 어울리는 손을. 내게서 떠나, 내가 뛰다시피 걷는 걸 봤어? 난 널 봤어, 어느 날, 나와 보조를 맞추려고 속도를 늦추는 너를. 난 지쳤어. 가. 그래, 네가 날 사랑한다는 걸 알아, 그 말은 이제 되풀이하지

마. 조용히 해. 물론 내가 오늘내일 죽지는 않겠지, 하지만 분명히 말한다, 안 돼, 절대로 안 돼. 내게서 떠나, 가버려.

그녀는 그의 말에 복종한다. 그녀는 떠난다.

쾅, 그녀는 피가 거꾸로 도는 것을 느낀다. 그녀는 쓰러진다. 대로에서. 사람들이 쓰러져 있는 그녀를 안아 일으킨다. 사람들은 그녀의 소지품을 뒤져 연락처를 찾는다. 하지만 전화가 울려도 그 남자는 받지 않는다. 그는 그녀가 벌써 자기한테 전화를 건 거라고 생각한다, 그는 그녀가 되돌아오는 걸 원하지 않는다.

그녀의 심장은 뛰지 않는다, 그녀의 혈관이 위태롭다. 병원 사람들이 그녀에게 혈관이 폐색되었다고 말한다. 그들은 그녀를 수술대 위에 못 박아놓고 그녀의 몸을 난도질하고 흉골을 부수고 그녀의 심장을 꺼낼 것이다, 그녀를 구해내려는 동안, 그녀를 회복시키려는 동안, 물론, 그녀는 죽을 수도 있다. 위험천만한 수술. 그래서 의사는 몸을 사린다, 의사는 '죽음' '이미' '만약의 경우' 같은 단어들이 적힌 서류들과 여러 장의 증서들을 준비한다. 그는 미리 알리고, 주의시키고, 확인한다. 만약 수술 도중에 당신이 죽는다 해도 그건 내 잘못이 아닙니다. 이런 종류의 수술은 아무도 결과를 예측할 수 없습니다. 자, 그걸 아셔야 합니다,

이런 경우는 언제나 그렇습니다. 그 여자는 중얼거린다, 수술을 받겠어.

나는 그녀 없이도 살아갈 수 있어, 남자가 중얼거린다, 그녀가 지금 생사의 기로에서 싸우고 있다는 걸 모른 채. 그는 걸음을 내디딜 때마다 한숨을 내쉰다. 그는 자신의 갈비뼈를 두 팔로 감싼다. 그의 얼굴이 붉어진다, 이 세상에 혼자뿐이다, 그때 불현듯, 언젠가 젊어 보이려고 노래를 불렀던 게 기억난다. 차 안에서였다. 그는 창문을 내렸다, 그리고 운전대를 잡지 않은 손을 밖으로 내민 채 손가락을 튕기며 딱딱 소리를 냈다. 그래도 그 시절엔, 아직 행복했다.

그 젊은 여자의 심장은 언제든 그녀를 저버릴 수 있다, 언젠가, 언제라도. 혈관 하나가 터진다. 그녀는 수술할 때까지 조심한다. 하지만 뭘 어떻게 조심해야 하는지를 모른다. 그리고 아무도 그걸 말해주지 않는다. 그녀는 이전처럼 달리지 않는다. 그녀는 숨을 들이쉬고 내쉬지만 너무 깊이 호흡하지는 않는다. 그녀는 몸을 구부리지 않는다, 그래서는 안 될 것 같다. 그녀는 접혀서 툭 끊어지는 자신의 혈관을 상상한다. 그래서 몸을 곧게 편다.

남자는 모든 걸 기억하고, 오직 그녀만을 생각한다. 그는 술을 마신다, 하지만 아무리 마셔도 취하지 않는다. 친구들과의 저녁 식사 모임에 그녀를 데리고 갔을 때, 그는 자신이 단단히 미친 것 같고 아주 젊어진 것 같은 느낌이 들지 않았던가? 그런데 그녀는 그가 불편해한다는 걸 알아차렸던 걸까? 그녀는 테이블 아래로 그의 손을 붙잡고는 귀에 대고 말했다, 우리, 가요, 난 지금 당신하고 둘이서만 있고 싶어, 우리, 쓸데없이 시간 낭비하지 말아요. 그녀는 모든 게 오래 지속되지 않을 거라는 것을 알고 있었다.

그녀는 자신의 혈관 속에 박혀 있는 그 고약한 씨앗이 발견되었는데도, 집에 틀어박혀 꼼짝하지 않고 있다. 마치 아무 일도 없었던 것처럼 행동한다. 하지만 밤중에, 그녀는 자신의 심장 속에서, 그게 울리는 것을 느낀다, 일종의 경보음, 태엽장치, 자기를 죽이기 위해 달려오고 있는, 살아 있는 뭔가의 울림.

남자는 술을 마신다, 마시고 또 마신다, 그리고 누군가가 그에게 괜찮으냐고 물으면, 그는 젊은 여자의 피가 마시고 싶다고 답한다. 젊은 여자, 그는 낯선 사람들에게 되풀이해 말한다. 그들은 그가 이미 저세상으로 가고 있는 중이라서 횡설수설 헛소리를 하는 거라고 생각한다. 남자는 미쳐간다.

그건 마치 기계 같다. 일종의 모터 같다. 펌프 같다. 사람들은 이제 곧 그녀의 심장을 꺼내어, 그것을 수리하는 동안 공회전을 시킬 것이다. 여자는 자기 남자, 그 늙은 남자에게 그동안 있었던 일들을 이야기하고 싶을 것이다, 의사가 그녀에게 말했던 것처럼 수리해야 할 부품들에 대해 말하고 싶을 것이다. 그녀의 설명은 의사의 설명보다는 좀 덜 명쾌할 것이다. 그녀는 기력을 아끼고 싶을 것이다. 그녀는 수술에 관해 숨김없이 말할 것이다.

그녀는 그가 되돌아오기를 기다린다. 하지만 감히 그에게 연락하진 못한다. 그녀의 이야기를 들으면 그가 거짓말이라고 생각할 것 같다. 하필이면 왜 이럴 때 이런 일이 일어난 걸까? 그녀 자신이 생각해도 너무 거짓말 같다. 자기가 먼저 죽을지도 모른다고 그에게 말하지 않았던가. 하지만 그녀는 그가 여전히 자기를 예쁘다고 생각할 거라 확신한다, 푸르스름해진 혈관들, 그리고 콧속에 꽂힌 관들을 핏기 없는 목에 목걸이처럼 두르고 있는 지금도. 그녀는 알코올로 살갗을 반들거리도록 닦아 문질렀는데도 그가 입맞춰준 흔적들을 느낀다. 그는 그녀를 아주 많이 사랑했었다.

남자는 침대 시트를 벗겨 끌어안는다. 그는 집을 떠난다. 어느 날, 그녀는 그곳으로 돌아올 것이다. 하지만 이제 그는 그곳에 없을 것이다. 그는 문밖에 열쇠를 숨긴다.

그녀는 약속한다, 강해질 거라고, 끝까지 싸울 거라고. 하지만 누구에게 약속할까. 그녀는 하늘을 쳐다보지 않을 수 없다, 그리고 자신의 영혼을 하늘에 맡길 수밖에 없다. 죽는 게 두렵다. 아무도 그녀와 함께 가주지 않는다, 그는 그녀를 기다리지 않을 것이다. 그녀는 그에게 편지 한 통을 남긴다, 그건 유서나 마찬가지다. 만약 그녀가 이 세상으로 되돌아오지 못하면, 사람들은 그 편지를 그에게 전해줄 것이다, 아마도, 눈물을 글썽이면서, 장갑 낀 손으로 그걸 건네면서, 낮게 속삭일 것이다, 자, 받으세요, 선생님, 마음껏 우세요, 하지만 괴로워하지는 마세요. 그는 그 편지를 열어볼 것이다. 커다란 봉투들 속에 작은 다발로 묶어 그녀에게로 되돌려보내던 편지들과는 달리. 그녀가 자신의 미래를 발견할 거라 믿으며 자세히 살펴보지만 단 한 마디 말도 찾아볼 수 없던 그 편지들, 그녀가 아직 끝나지 않았다고 간곡하게 말하고 있던 그 편지들, 그럼에도 그가 단 한 마디 말도 곁들이지 않고, 심지어 뜯어보지도 않고 그대로 반송해버리던 그 편지들과는 달리.

남자는 걷는다. 그는 마신다. 그리고 서서히 다리가 피로해진
다. 그는 머리카락을 뽑아 두 손에 꼭 쥐고 있다가, 주머니에 쑤
셔넣고, 때때로 그걸 다시 꺼내어 자기 뺨에 갖다댄다. 그는 눈
을 꼭 감고 마침내 그 젊은 여자의 향기를 맡는다. 하지만 그가
입맞춤을 하기 위해 입술을 내밀 때, 그녀를 받아들이려고 입술
을 벌리는 순간, 그의 숨이 가빠진다. 그리고 기침을 하기 시작
한다.

간호사가 젊은 여자에게 미소를 짓는다, 마취의 여자가 말한
다, 천천히 열까지 세면 잠이 들 겁니다. 걱정되세요? 마취의가
묻는다. 그녀는 수술 도중에 깨어날까봐 겁이 난다.

남자는 걷는다. 그는 그녀를 생각한다. 그는 다른 사람들, 부
부들과 그들의 아이들을 본다. 그의 팔 끝에, 뭔가가 허전하다.
그녀의 손. 그는 마신다. 방황한다. 마시고 추억하고, 또 마시고,
비틀거리고, 모래판에 쓰러진다. 아이들이 어머니에게 묻는다.
아이들은 며칠 전부터 숲속 아무 데나 쓰러져 자는 그 더러운 아
저씨가 사람들을 물어뜯지는 않을지 궁금하다. 저렇게 낡고 더

러운 침대 시트로 몸을 둘둘 말고 있다니, 너무 이상해.

저 아래, 수술실에서는 모든 준비가 완료되었다. 누군가가 심장이 망가진 여자를 이동침대로 재빨리 옮긴다. 그녀를 수술실로 내려보내어 심장을 떼어내야 할 때가 되었다.

공이 그의 머리를 때린다. 남자는 눈을 크게 뜬다. 한 아이가 몸을 숙여 그를 조용히 내려다보고 있다. 그는 아이의 손을 붙잡는다. 극심한 고통이 그의 오른팔에 전해진다. 그의 심장이, 단번에 터진다.

바깥에서는, 또다른 심장이 피를 흘린다.

집안싸움

이 멍청아, 혹시 네가 잊어버렸을지 몰라서 다시 말해주는데, 난 엄마아빠가 낳은 딸이야. 정말 너, 모든 걸 완전히 잊어버린 거야? 나한테 도대체 뭘 어떻게 할 생각이야? 넌 상속문제로 내가 분별없이 행동한다고 비난하고 있어. 그리고 그동안 잊고 있었던 것들이 나 때문에 다시 떠오른다고 말하고 있지. 하지만 넌? 그런 넌 뭘 잘했다고 그러는 거야? 도대체 뭣 땜에 끼어들어서 난리야? 난 그 서랍장을 원해. 그건 아빠의 서랍장이야. 그리고 엄마가 나한테 주겠다고 분명히 약속했어. 그걸 네가 가질 이유는 전혀 없어. 넌 그 서랍장을 가질 자격이 없다구, 넌 그 서랍장에 대해 아무것도 몰라. 그리고 말인데, 나는 네 여편네가 싫어.

제발 진정해. 그리고 우리 두 사람 싸움에 솔랑주는 끌어들이지 마. 그 불쌍한 여자는 이 문제와 아무 상관이 없어, 그 사람은 조용히 증인 역할만 했을 뿐이야, 너는 지금 화가 나서 제정신이 아니야. 자, 내가 지난번에 편지에 썼던 내용을 다시 한번 차근차근 말해줄게. 솔직히 너는 아버지 장례식 때 똑바로 처신하지 못했어. 아빠가 돌아가시자마자 엄마가 정신 없는 틈을 타 아빠 서랍장을 훔쳐가려고 그 속에 들어 있는 것들을 모조리 꺼냈지. 난 솔직히 네 그런 행동이 탐탁지 않았어. 하지만 분란을 일으켜 엄마에게 충격을 주고 싶지 않아서 모른 척 잠자코 있었던 거야. 그리고 아무리 찾아봐도 그 서랍장을 네게 줘야 한다는 증거는 하나도 나오지 않았어. 전혀. 아무것도. 내 말을 믿어! 물론 너도 여러 가지로 마음이 괴롭겠지, 나도 이해해. 사실 나도 괴로우니까. 그렇다고 해서 네 그 고약한 행동이 용서되는 건 물론 아니야. 절대로. 넌 지금 뭔가 조금만 꼬투리가 잡혀도 무조건 싸우려 드는 심술쟁이처럼 행동하고 있어. 그 서랍장을 갖고 간다는 건 꿈도 꾸지 마. 그건 우리집 거실 장롱 옆에 아주 잘 모셔놓을 거야, 엄마가 원하셨던 대로. 그리고 네가 그런 식으로 나오니까 하는 말인데, 넌 그게 아니래도 물려받은 게 많잖아. 넌 콘솔까지 받았어! 그걸로 만족해, 너보다 더 적게 받았어도 군말 한마디하지 않고 꾹 참고 있는 이 오빠에게 더는 징징거리지 말란 말이야. 네가 자꾸 이런 식으로 나오니까 나도 싫은 소리를 하게 되는 거 아니니? 하지만 인내에도 한계가 있는 법이야, 그러다 너 정말 후회하게 될지도 몰라. 이젠 상황이 완전히 달라졌으니까.

네가 편지 한 장 제대로 쓸 줄 모르고, 남 앞에서 말 한마디 제대로 못한다는 건 누구보다 내가 잘 알아. 그런 너를 옆에서 돌봐주고 염려해주고 조언해줬던 게 바로 나니까. 너의 그 구역질나는 편지는 분명히 솔랑주가 불러주는 대로 받아쓴 게 분명해. 안 봐도 뻔하지. 네가 직접 썼더라면 내게 계속 욕지거리밖에 하지 않았을 테니까.

적어도 내가 그 서랍장을 열어보게라도 해줘, 분명히 그 안에 그 서랍장을 내게 물려준다는 편지나 서류 같은 게 들어있을 거야, 그걸 찾아서 너한테 보여주겠어. 그러면 너도 더는 아무 말 못 할 거야. 무슨 돈이 그리 많아서 있는 사치 없는 사치 다 부리는 네 여편네, 어디서 굴러왔는지 근본도 알 수 없는 그 요물이 서랍장에서 그걸 이미 빼돌리지 않았다면 말이야. 나는 공증인이 작성한 재산목록에 관해 네가 말하는 내용을 한 마디도 믿지 않아. 네가 거짓말 하고 있다는 걸 알아. 가구들마다 공증인이 작성한 물품분류표가 붙어 있었어. 그런데 신기하게도 어느 날 갑자기 그 분류표들이 몽땅 사라져버렸지. 네가 그렇게까지 야비하게 나올 줄은 꿈에도 몰랐어. 옛날엔 짓궂긴 해도 그 정도로 야비하지는 않았는데. 난 그 서랍장을 꼭 받아야겠어. 그건 아빠가 전축이랑 아끼는 음반들을 정리해두시던 서랍장이야. 그리고 넌 이제까지 그 서랍장에 관심조차 없었잖아. 난 그 서랍장을 원해. 그리고 무슨 일이 있어도 그걸 가져갈 거야, 망가졌더라도 상관없어, 다 부서져서 널빤지 조각에 불과하더라도 괜찮아. 내 말, 이해하겠어?

그렇게 바락바락 악쓰지 마. 안 그래도 네 조카들을 포함해서 여기 있는 모든 사람들이 네 이름만 들어도 경기를 일으키니까. 게다가 네가 그렇게 뻔뻔하게 구는 걸 보고 모두 충격 받았어. 네가 계속 그런 식으로 나오면 결국 우린 인연을 끊을 수밖에 없어. 하긴 네가 원하는 게 바로 그거 같지만. 그리고 말이 나왔으니 하는 말인데, 이 문제가 아니더라도 이미 오래전에 우리집 호적에서 널 파버렸어야 했어.

어떻게 그런 말을 함부로 할 수 있는 거지? 우리가 함께 보낸 어린 시절을 어떻게 그런 식으로 간단하게 부인할 수 있는 거야? 내게 내 서랍장을 돌려줘. 그 서랍장은 내 목숨이나 마찬가지야. 그건 아빠와 엄마의 추억이 담긴 소중한 보물이라구.

넌 이미 책상을 가졌잖아.

아빠는 너의 그 억지 부리는 성격 때문에 내가 고생깨나 할 거라고 늘 나한테 말씀하셨지.

그건 우리가 열 살이었을 때 얘기야. 제발 뭐든 제멋대로 뒤섞어서 말하지 좀 마. 그리고 아빠 이야기라면, 넌 입을 다물고 있는 게 더 나을 텐데.

어디다 대고 이래라 저래라 하는 거야? 그리고 난 아무것도 뒤섞지 않아. 게다가 뒤섞건 말건 그건 내 자유야.

마지막으로 하는 말이니까, 내 말 명심해. 네가 그렇게 미친 듯이 마구 날뛰는 걸 보니 내 마음도 몹시 아프다. 너는 아무런 근거도 없이 무조건 뻐딱하게만 봐. 나는 엄마 말씀을 그대로 따랐을 뿐이야. 엄마의 유언을 거스를 수는 없잖아? 제발 정신 좀 차려, 그리고 돌아가신 엄마의 뜻을 존중하도록 해. 네 남편은 널 버리고 떠났지. 나는 네 남편이 왜 그렇게 달아나듯 널 떠났는지, 왜 그렇게 분노했는지 이해할 수 있을 것 같다.

넌 도무지 이해할 수 없는 해괴망측한 말들을 계속 지껄여대는데, 네가 중학교 졸업장밖에 따지 못했다는 사실을 상기시켜줄 필요가 있을 것 같군. 그러니까 '분노'라는 단어를 아무 데나 함부로 갖다붙이지 말란 말이야, 거기에 그 단어가 어울린다고 생각해? 그런 단어들은 그 의미를 정확하게 알고 있는 사람들이나 사용하게 놔둬. 힘 있는 사람들 말이라면 무조건 예예 하고 따르는 솔랑주 같은 여자는 더더욱 그런 단어를 사용할 자격이 없어. 네가 알고 싶다면 말해주지, 내 남편의 등을 억지로 떠밀어보낸 건 바로 나야, 그리고 그 사람은 적어도 내 물건을 가지고 떠나지는 않았어. 그리고 우리 대화에 내 애정문제를 끼워넣지 말았으면 해. 너는 내가 남자를 사귈 때마다 늘 비웃었지. 질투 때문에 그런 거 아니니? 하지만 그 남자들 중에서 내 물건을 도둑질해간 사람은 한 명도 없었어. 아빠가 얼마나 정직한 분이었는지 생각해봐, 그리고 거울을 들여다보면서 네가 정말로 아빠의 자랑스러운 아들인지 너 자신에게 물어봐.

질투? 내가? 난 구린내 풀풀 풍기는 네 남성편력 따위에는 전혀 관심 없어! 아빠 말씀대로, 네 남자들 중 우리 집안 남자들보다 나은 놈은 한 놈도 없었지. 하나 둘도 아니고 줄줄이 밀려드는 그 멍청이들 때문에 우리가 즐겁게 웃을 수 있었던 것만큼은 지금도 고맙게 생각해. 너 덕분에 우리 가족이 배꼽을 잡고 웃어댔던 적이 수도 없으니까! 나는 지금도 또렷하게 기억해. 일요일마다 우리는 얼굴이 벌겋게 달아오른 새 당나귀를 기다리며 차를 마셨지. 그 얼간이 녀석들은 엄마가 만든 마카롱 과자 접시를 발견하고는 미친 듯 달려들다가 앞으로 꼬꾸라지며 우리에게 즐거움을 선사했어. 그때마다 넌 그 멍청이들이 자랑스러워 못 견디겠다는 듯 행복에 겨운 미소를 짓고 있었지, 화장을 떡칠한 추한 얼굴로 말이야! 하지만 어쩌겠어? 다 지난 일인 걸. 어쨌든 우린 네가 잘되기를 바랐어! 하지만 결국 넌 번번이 이혼녀로 돌아왔지. 이번 남편은 그래도 그 멍청이들 중에선 제일 나았어. 어쨌든 완전히 바보는 아니었던 것 같아. 널 떠난 걸 보면.

정말 끔찍한 소리를 잘도 지껄여대는군. 넌 질투 때문에 제정신이 아니야. 만약 나에게 무슨 일이 일어난다면, 그건 전부 네 탓이라는 걸 알아둬. 하지만 그전에, 내 서랍장부터 내놔.

이젠 협박까지! 예전 같았으면 그 말에 속아넘어갔을지도 모르지! 주인마님이 돌아가셨어요! 하지만 이제 그런 건 안 통해.
주인마님이 권총 자살을 한다 해도 이젠 아무도 관심 없어. 그동
안 넌 늑대가 나타났다는 거짓말을 너무 많이 했거든. 넌 툭하면
집으로 전화를 걸어 숨 넘어가는 목소리로 당장 네 집으로 와달
라고 난리를 쳤지. 그래서 깜짝 놀라 허겁지겁 달려가면, 넌 매
번 물방울이 뚝뚝 떨어지는 목욕가운을 입은 채 훌쩍거리고 있
었어. 우리는 네가 자살이라도 할까봐 벌벌 떨었어. 불쌍한 엄마
는 너 때문에 피가 말랐지. 이젠 그 입 좀 닥쳐, 제발 우리를 조
용히 살게 내버려둬. 그리고 엄마가 남겨놓은 사진들 중에 네 사
진이 한 장 있으니 그거나 가져가, 바로 그 시절에 찍은 네 사진
이야, 네가 짓고 있던 그 구역질나는 표정을 보면 너도 그 당시
우리가 얼마나 피곤했을지 충분히 짐작이 갈 거야.

　제발, '우리'라는 말 좀 그만해. 넌 '나'라고 해야 할 걸 전부
'우리'라고 말하고 있어. 모든 걸 얼렁뚱땅 뒤섞는 재주만큼은
가히 천재적이야. 네 학습장애가 완치된 줄 알았는데 아니었구
나. 넌 아직도 머리에 문제가 있어. 너의 뇌는 텅 비어 있어, 수
프 접시처럼. 그렇게 말한 건 바로 아빠였어, 아니야? 아빠는 네
게 관대하셨지. 아빠 너에 대한 실망감을 너한테는 한 번도 드러
내지 않으셨으니까. 하지만 나에게는, 네 미래가 걱정된다고, 네

144

지능이 의심스럽다고 속마음을 털어놓으셨어. 그런데 지금 보니, 넌 기억력에도 문제가 있구나. 만약 네가 기억장애가 아니라면, 내가 널 얼마나 많이 도와주고 감싸줬는지 기억할 수 있을 거야. 그걸 기억한다면 넌 내게 은혜를 갚아야 마땅해. 정상적인 사람이라면 누구나 그렇게 행동하니까. 그래, 난 너를 끝없이 감싸줬어. 사람들 앞에서 솔랑주를 두둔해준 것도 바로 나야. 하지만 다시는 그러지 않을 거야, 그 요물이 네 어깨 너머로 몸을 기울이고 내게 한 푼이라도 빼앗기지 않으려고 이 따위 악랄한 편지를 받아쓰게 하는 모습이 눈에 선하니까. 내 서랍장이나 빨리 돌려줘, 그리고 그 문제에 관해서는 이제 이야기하지 말자.

계속 떠들어봐야 쓸데없는 짓이야. 이미 서랍장의 다리를 잘라버렸으니까, 그걸로 장대 발을 만들어 올라타고 널 내려다볼 거야. 하지만 네 몫으로 서랍 하나는 남겨뒀지. 그걸 꼭 너에게 주고 싶어. 그 서랍 위쪽에 널빤지를 대어 뚜껑을 만들고 양옆에 손잡이를 달면 아주 유용할 거야. 어디에 쓰일 건지는 너도 쉽게 짐작하겠지. 솔랑주는 너를 위해 꽃을 준비할 거야.

너의 오빠가

추신 : 우리의 상속문제와 관련이 있는 편지 한 통을 동봉한

다. 서랍장 다리를 자르다 밑바닥에서 비밀 서랍을 하나 발견했는데, 그 안에 이 편지가 들어 있더라. 이 편지는 엄마가 내게 남기신 거야. 난 서류나 편지 같은 게 나오면 너에게 모두 보여주겠다고 약속했지. 그래서 이 편지를 네게 보여주기로 결심했어. 기쁜 마음으로 이걸 너에게 보낸다.

사랑하는 제라르에게,

네가 모든 내막을 알면서도 모르는 척하고 있었다는 걸 이 엄마는 알고 있었단다. 다 알면서도 날 조금도 비난하지 않다니, 정말 고맙고 한편으로는 미안하구나. 네 누이는 우리집 식구들 중에서 자기만 왜 눈이 파란색이냐고 나에게 한 번도 묻지 않았어. 네 아버지가 특파원으로 외국에 가 있는 동안 날 현기증나게 만들었던 그 파란색 눈. 너는 완벽하게 모든 걸 덮어주었어. 네 아버지도 마찬가지셨고. 네 아버지는 그애를 친딸처럼 키웠지. 그러니 너도 아버지의 뜻을 받들어 비밀을 끝까지 지켜주기 바란다. 네 누이에게는 아무 말 하지 마, 그애는 그 문제가 아니더라도 남자문제로 충분히 괴로울 테니까.

나의 사랑을 담아 키스를 보낸다. 어디에 있건 항상 엄마는 널 지켜보고 있을 거야, 사랑해.

엄마가

쥐약

    가끔씩 나는 남편에게 뭔가를 묻는다. 그러면 그는 대답 대신 내가 한 말을 바보 같은 말투로 똑같이 따라한다. 나는 집안 행사가 있을 때면 포르투갈산 포도 젤리로 장식한 푸아그라를 준비한다. 그러면 그는 어이, 뚱뗑이 아줌마, 이걸 정말 당신이 만들었어? 파테 위에 올려놓은 이 멋진 아교풀을? 이러면서 손님들 앞에서 신나게 떠들어댄다. 나는 그가 사람들 앞에서 왜 그렇게 내게 핀잔을 주는지 알 수가 없다. 내가 눈썹을 찡그리기라도 하면, 그는 농담도 못 하느냐는 듯 팔꿈치로 나를 쿡쿡 찔러댄다. 그는 나를 끊임없이 피곤하게 만든다. 이 말만은 꼭 해둘 필요가 있는데, 몇 년 전부터 나는 단 하룻밤도 제대로 잠을 잔 적이 없다. 침대에 누우면 그가 엄청나게 큰 소리로 코를 곯아대면서 나를 구석으로 밀어내기 때문이다. 그러다 내가 겨우 잠이 들 만하면 어느새 등 뒤에서 숨을 씩씩거리며 달려든다. 나는 순순히 응해준다. 그는 배설을 하자마자 그대로 다시 곯아떨어진다. 하지만 나는 잠이 싹 달아나버린다. 그가 다정하고 상냥하게 구는 밤도 있다. 때때로 내 목에 입을 맞추기도 한다. 하지만 내가 한 쪽 눈을 뜨는 순간, 나는 대번에 그의 물건이 된다. 아니, 간혹 그의 실험용 쥐가 되기도 한다. 그는 날 실험에 이용하는 걸 아주 좋아한다. 지난여름 그는 단지 호기심 때문에, 몇 년 후 내 피부가 쪼글쪼글해지면 어떤 모습이 될지 미리 알아보기 위해 물을 먹지 못하게 했다. 결국 나는 탈수증세로 쓰러졌다가 겨우 살아났다. 하지만 그 이후로 무슨 일을 해도 쉬이 피곤해진다.

오늘 저녁, 그는 또다시 나를 괴롭혔다. 모든 건 내가 피곤하다는 말을 한 것 때문에 시작되었다. 나는 창고에 들끓는 쥐를 잡기 위해 열심히 쥐약을 만들고 있었다. 나는 그가 가르쳐준 대로, 치즈나 햄을 얹은 먹음직스러운 카나페 속에 독약을 교묘하게 숨겨넣고 있었다. 쥐들은 눈치가 아주 빠르다. 엉성하게 쥐약을 놓으면 아무 소용이 없다. 나는 쥐약을 다 만들고 부엌으로 가 내일 있을 자선바자회용 과자를 부지런히 만들고 있었다. 그때, 그가 등 뒤에서 불쑥 나타나 내 치마를 끌어내렸다, 단번에.

나는 너무 놀라 균형을 잃고 비틀대다가 불에 데고 말았다. 그래서 울었다. 그는 내가 정말 울고 있는지 보려고 내 턱을 들어올렸다. 그래서 나는 잘못했다고 말했다. 그는 그래 바로 그거야, 울어, 더 울어, 라고 말했다. 나는 치마를 다시 올려 입었다. 하지만 그는 내 치마를 다시 벗겨버리고 나를 테이블에 엎어놓았다. 그러고는 야채껍질과 찌꺼기들 속에 내 얼굴을 처박았다. 피곤해? 그가 말했다, 이렇게 하면 기운이 날 거야. 그의 괴팍한 행동은 이제 도를 넘어섰다.

　내가 더러워진 얼굴을 씻고 있는 동안, 그는 침실로 들어가 틀어박혀 있었다. 나는 그가 화가 난 건 아닌지 겁이 났다. 하지만 저녁을 먹자고 부르자, 그는 재빨리 내려왔다. 그는 베이지색 윗옷과 빨간 반바지에 커다란 짙은 갈색 구두를 신고 있었다. 정확히 말하자면 그는 내가 그에게 얘기한 적이 있는 그 남자, 옛날에 나를 폭행했던 그 남자와 똑같은 복장을 하고 있었다. 남편은 부엌으로 들어와서 나를 바닥에 쓰러뜨리고는 내 입에 재갈을 물렸다. 그러고 나서 묻는 것이었다, 어때, 놀랐어? 그리고 웃음을 터뜨렸다. 저녁을 먹는 동안 그는 바닥에 웅크린 채 소리를 질러대던 자기 마누라를 영원히 잊지 못할 거라는 말을 끝없이 되풀이했다. 그는 나에게 언제 다시 한번 시도해보겠다고 다짐

했다. 심지어 이런 말까지 했다. 아이들이 있었더라면 훨씬 더 재미있었을 텐데, 우리한테 자식이 없는 게 유감이야!

사실 그는 아이를 원했었다. 하지만 나는 아이를 낳지 못했다. 임신하고 칠 개월째까지는 아무 이상이 없다가 결국 유산을 했나. 그런 일이 세 번이나 일어나자 그는 내게 불임수술을 받으라고 했다. 더는 헛된 기대를 하고 싶지 않다면서. 당신은 아이를 낳을 수 없어, 낳을 수 없다구, 그는 끊임없이 말했다. 결국 나는 불임수술을 받았다. 그러자 그는 나 때문에 자기가 영원히 내 젖을 맛보지 못하게 되었다고 투덜댔다. 나는 슬픔에 잠겨 있는 모습을 보여서도 안 되었다. 그가 그런 내 모습을 용납하지 않았으니까. 그래서 나는 슬픔을 몰래 감추고 살았다. 하지만 그는 내가 뭔가를 숨기고 있다며 혼자 몰래 무슨 짓을 하고 있느냐고 캐물었다. 그러던 어느 날, 그는 감정이 격해져서 내 뺨을 때렸다.

오늘 저녁, 식사를 마친 그는 음식이 맛있었다고 칭찬해주었다. 그래서 어쨌든 나는 마음이 따뜻해지는 걸 느꼈고, 그 때문에 나를 강간하고 폭행했던 남자의 기억을 잠시나마 떨쳐버릴 수 있었다. 그는 우리 뚱뗑이 아줌마는 요리를 정말 잘해, 라고 했다. 하지만 자기가 나를 칭찬했다는 사실이 못내 꺼림칙했던지, 그래도 별로 먹지는 않았다고 덧붙였다. 그가 나를 '예쁜이'

라거나 '내 사랑'이라고 불러준다면 얼마나 좋을까. 나는 남자
가 일을 하고 집으로 돌아와 당신이 보고 싶었어, 라고 말할 때
그게 어떤 기분인지 전혀 모른다.

이리 와, 널 뜯어먹어야겠어, 그는 내 엉덩이를 후려치면서 중
얼거리듯 말했다. 난 아직도 배가 고파, 자, 마음껏 즐겨봐, 모든
걸 잊고 즐기란 말이야. 하지만 난 그럴 기분이 아니었다. 게다
가 이미 오래전부터 느낄 수가 없었다. 그가 사정을 한 후 내가
씻으러 욕실로 가자, 그는 밖에서 욕실문을 걸어 잠그고는 느끼
지도 못하는 맛대가리 없는 년이라며 욕설을 퍼부었다. 비데에
올라타고 앉아서 혼자 열심히 즐겨봐! 여자구실도 못하는 년,
순대 같은 년, 똥자루 같은 년! 나는 욕실문을 두들기며 힘없이
말했다, 난 좋았어, 충분히 느꼈다구…… 하지만 그는 이미 사
라지고 없었다.

그는 텔레비전 앞에서 잠든 게 틀림없다. 운이 좋으면 그가 마
음을 가라앉히고 욕실문을 열어줄 것이다. 하지만 투표 때문에
아직도 화가 나 있다면, 한참을 더 기다려야 할 수도 있다. 차라
리 내가 투표하러 가지 않았더라면 좋았을 것이다. 그는 투표장
에서 내가 먼저 투표하는 걸 좋아하지 않는다. 그는 자기가 지지
하는 사람에게 투표하라고 내게 강요한다. 나는 그렇게 하겠다
고 약속해놓고, 실제로는 그 반대로 투표한다. 언제나 그가 지지

하는 사람이 아닌 다른 사람에게 투표를 한다. 하지만 그가 바로 뒤에 있다는 걸 알기 때문에 투표를 하는 내내 심장이 쿵쾅거린다. 내가 속이는 걸 들킬까봐 겁이 난다, 심지어 어둠 속에서도. 아까 낮에 시청 선거관리위원회 사람이 저녁 때 개표를 하니 시간이 나면 개표장으로 나와 참관하라고 말했다. 하지만 내가 대답하기도 전에 남편이 딱 잘라 거절했다. 집으로 돌아오면서 그는 내가 그 사람에게 교태를 부리고 창녀처럼 행동했다고 욕을 퍼부었다. 그러고는 내가 부인할 틈도 주지 않고 혼자서 카페 안으로 들어가버렸다.

지금 생각이 난다. 자선바자회 음식을 준비하느라 정신이 없어서 카나페에 쥐약이 들어 있다는 말을 해준다는 걸 깜빡 잊고 있었다. 그가 문을 열어주러 오면 잊지 않고 꼭 말해줘야겠다. 어쩌면 그가 미안하다고 말할지도 모른다. 아니면, 어디 혼 좀 나봐라 하고 그대로 내일 아침까지 나를 이곳에 처박아둔 채 자러 갈지도 모른다. 뭐, 아무래도 상관없다. 나는 눈을 감는다. 진실을 말하자면, 나의 비데는 내 정신적 친구다. 비데를 떠올리며 남편이 내 몸에 배설해놓은 정액을 머릿속으로 씻어낸 적이 많다. 남편이 사정을 하고 난 후에 날 씻으러 가지 못하게 하면, 나는 비데를 머릿속에 떠올렸다. 그러면 정신적으로 도움이 되었다. 그 하얀 에나멜 위로 흐르는 맑은 물. 게다가 나의 비데는 코를 골지도 않는다. 그리고 깨끗한 냄새가 난다. 어쩌면 오늘밤, 내가 열두 살 때 랑드 지방에서 바캉스를 보냈던 그 여름처럼 그곳의 소나무 향기, 마음을 평온하게 만드는 그 여름향기의 애무를 받으며 아무에게도 방해받지 않고 마침내 단잠을 잘 수 있을지도 모른다.

그런데 문제는, 나는 혼자 중얼거리지만 졸음이 나를 휘감는다, 어린 소녀의 졸음, 열다섯 살 이후로 잊고 있었던 그 졸음, 문제는 어쩌면 그가 텔레비전을 보면서, 쥐에게 줄 점심식사를 목구멍에 게걸스럽게 밀어넣고 있을지도 모른다는 거야, 그게 내일 점심 때 열릴 자선바자회를 위해 내가 준비한 음식이라고 생각하면서.

테레즈는 늙어간다

우리는 스무 살이나 차이가 난다. 그리고 아무리 밖에 나가 노는 걸 좋아하고 일주일에 네 번씩 규칙적으로 운동을 한다 해도, 그녀는 나보다 스무 살이나 많은데다 고관절 통증에 시달리고 있다. 게다가 그 증세는 호전되지 않을 것이다. 내가 그녀를 본격적으로 사귀기 시작했을 때 그녀는 마흔네 살이었다. 그리고 얼마 전에 나는 그녀와 결혼했다. 그건 우리가 처음 만난 지 이십 주년이 된 것을 기념하기 위한 나의 선물이었다. 나는 목적을 달성했다. 그녀가 그 선물에 만족했을 뿐만 아니라, 감동까지 한 것 같았으니까. 그런데 그후로 한 가지 문제가 생겼다. 그녀가 이제 내 앞에서 예의를 갖추지 않고 함부로 행동하는 것이다.

전에는, 좋았다. 그녀는 내가 나이에 맞게 살아야 한다며 나를 자유롭게 해주었다. 뿐만 아니라, 내 나이에 맞는 것들을 함께 나눌 준비가 된 그녀는 나를 숨막히게 하지 않으려고 조심했었다. 그런데 최근 그녀가 나와 동반하기를 몹시 바랐던 어느 파티에서, 나는 사람들에게 아빠가 되고 싶다는 속마음을 털어놓았다. 그 말을 듣자 테레즈는 비명을 지르더니 울기 시작했다. 그리고 그 날 이후로 짧은 치마를 입고 입술에 새빨간 루주를 바르기 시작했다.

불행한 일이지만, 그녀가 그렇게 행동할수록 나는 그녀를 점점 더 속이게 될 것이다. 그녀도 그걸 안다. 알면서도 참는다. 당신, 내 곁을 떠나선 안 돼, 그녀는 내가 떠나버릴까봐 거기에만 온 신경을 곤두세우고 있다. 하지만 내가 떠나고 싶다면 아무도 막지 못할 것이다, 만약 내가 누군가에게 한눈에 반하는 일이 생긴다면. 하지만 아직은 괜찮다. 그녀와는 그동안 함께 나눈 추억들이 있고, 게다가 그녀가 가끔씩 만들어주는 호박이나 크림 설탕이 들어간 그라탱은 언제나 나를 황홀하게 만드니까.

그녀는 그래도 귀여운 편이다. 내가 해주는 충고를 귀담아듣고, 약품 임상실험 자원자로 등록하기까지 했다. 그녀 나이에 완전한 행복을 손에 넣으려면 그만큼 공을 들이고 노력을 해야 한다. 그녀는 자기 월급으로 젊어지는 알약들과 크림들을 마구 사들인다. 뿐만 아니라 신제품들에 끊임없이 눈독을 들인다. 그래서 약이 너무 많아 처치 곤란한 경우가 자주 발생한다. 그럴 때면 그 젊음의 묘약들은 내 차지가 되고, 그렇게 해서 결국 그녀가 아니라 내가 더 젊어지기 시작한다.

레스토랑에서, 이따금씩 예상치 못한 불상사가 일어나기도 한다. 어제만 해도 레스토랑 여종업원이 우리를 보고 엄마와 아들이 함께 식사를 하러 오다니 정말 보기 좋다고 감탄사를 연발했다. 테레즈는 내가 사람들 앞에서 자기한테 키스를 하는 적이 없고 감정 표현을 제대로 하지 않기 때문에 자기가 그런 불쾌한 일을 당하게 되는 거라며 나를 몰아세웠다. 하지만 내가 다정하게 굴면, 사람들이 나를 엄마와 자는 녀석이라고 생각할까봐 겁이 난다. 그건 절대로 있을 수 없는 일이다, 나는 엄마를 거의 만나지 않으니까. 엄마와 테레즈는 결코 사이가 좋아지지 않았다.

테레즈가 자기 또래의 여자들을 몹시 싫어한다는 사실도 밝혀둬야 할 것 같다. 그건 아무리 생각해도 우습다. 그녀의 표현대로 말하자면 그건 '우주적인 것'이다. 최근 몇 주 동안 그녀는 자기가 또래 여자들을 싫어하는 건 '우주적 섭리'에 속하는 거라고 주장하고 있다. 그녀는 젊은 여자들에게 둘러싸여 있다. 그녀는 그 여자들이 자신과 어떤 유사성을 지니고 있는지, 그리고 그 여자들이 내 취향인지 아닌지에 대해서는 전혀 신경쓰지 않는다. 하지만 그녀의 그런 행동은 자칫 우리 사이에 문제를 일으킬 위험이 있다. 왜냐하면 내게도 감정이란 게 있기 때문이다. 젊은 여자들이 시끄럽게 재잘거리면 짜증이 난다. 그리고 테레즈가 그 수다에 끼어들 때, 나는 나도 모르게 무례해지면서 그녀를 멍청한 늙은 호박처럼 취급하게 된다.

테레즈가 춤추는 걸 아주 좋아해서 우리는 나이트클럽에 자주 간다. 하지만 사실 나는 친한 사람들끼리 저녁식사를 하면서 도란도란 대화하는 걸 훨씬 더 좋아한다. 나이트클럽에서 그녀는 내게 춤을 좀 제대로 추라고 핀잔을 준다. 내가 노인네처럼 춤을 춘다면서.

밤마다 그녀는 내 위로 올라가 펄쩍펄쩍 뛰면서 나를 녹초로 만들어버린다. 하지만 나는 DHEA 같은 호르몬제는 절대로 복용하지 않는다. 그녀는 충격을 견디기 위해 비타민을 한 주먹씩 삼켜대지만, 그것 때문에 잠을 못 잘까봐 불안해한다. 그녀는 늦게 자고 일찍 일어나는 거라고 말하지만, 내가 보기에는 불면증 같다. 최근에 그녀는 내가 코를 곤다고 불평했다. 구강 점막에 이상이 있어, 그게 바로 그녀가 내게서 발견한 것이다! 막이라고? 그녀는 내가 그녀의 눈에 드리운 막에 대해 말하기를 바라는 걸까? 나는 그 막의 정확한 명칭부터 당장 말해줄 수 있다.

백내장, 불쌍한 할망구, 내 말 들려? 귀까지 먹은 건 아니겠지?

어제 그녀는 무슨 말을 하려다 엉뚱한 단어들을 뒤죽박죽 내뱉으며 버벅거렸다. 자긴 짐작도 못 할 거야! 그녀는 집으로 돌아와서 말했다. 있지, 대리점에서 나오면서, 라디에이터 없는 전망을 만났어!

그러고 나서 한 번 소스라쳐 놀란 후에, 즉시 고쳐말했다.

"내가 지금 무슨 말을 하고 있는 거야! 라디에이터! 아, 플루트! 호텔, 저기, 그 청년 있잖아! 자긴 내가 누구 애길 하는 건지 알지?"

그녀는 샤를 얘기를 하려는 거였다. 전에 우리가 주말을 보냈던, 창으로는 멋진 바다가 내려다보이지만 라디에이터가 없어 몹시 추웠던 그 호텔의 지배인 샤를. 쉽고 간단한 이야기였다. 나는 침착한 어조로 그녀에게 비타민을 그만 먹으라고 충고했다. 모욕감을 주는 동시에 잘못을 스스로 시인하게 만들기 위해서였다.

"비타민을 너무 많이 먹어서 그렇게 쉽게 흥분하는 거야. 자긴 모든 걸 뒤죽박죽 혼동하잖아."

"아, 그만해! 그러는 자긴 말실수를 절대로 안 하나보지?"

그녀는 우리 엄마처럼 화를 벌컥 낸다. 나는 완벽하고 이성적인 문장들을 구사하여 그녀의 화를 부추긴다. 그녀는 나의 '종합적 정신'으로 인해 모욕감을 느낀다. 하지만 그녀에게 상처 입히지 않으려고 일부러 횡설수설하며 허튼소릴 해댈 수는 없는 일이다. 모든 게 제자리를 맴돌기 시작한다. 어떻게 해야 할까? 그녀는 늙고 병든 말 같다. 하지만 나는 그녀를 도살할 수 없다. 엄마가 내게 경고했었다, 엄마는 훤히 알고 있었다, 얼마 지나지 않아 내가 나이 차 때문에 고통을 겪게 되리라는 것을.

우리의 생활은 긴 시련으로 변해갈 것이다. 그건 정해진 운명이다. 그녀의 주름들과 우리의 침대 속에서. 사실 나는 그녀가 나를 떠나 다른 남자에게 가기를 바란다. 이 세상 어딘가에, 늙고 병든 사람들의 성욕을 돋워주거나 성도착자들을 기쁘게 해주는 사람들도 있지 않겠는가? 그녀는 떠나야 한다. 그녀가 얇은 옷을 입고 있을 때면 벌써부터 노인네의 앙상한 뼈대가 드러난다.

그녀가 근무하는 대리점에서 한 남자가 그녀의 꽁무니를 열심히 쫓아다닌다, 그녀가 주장하는 말이다. 그래, 그가 그녀의 뒤를 쫓아 달린다! 그리고 그녀가 그의 앞에서 달린다! 대퇴골들의 달리기 시합이로군! 자, 어서 달려요, 노인네들! 그 남자는 그녀 또래에 갓 이혼을 했고 자식도 없다. 그는 보트와 초콜릿을 좋아한다. 지금 그녀가 그 남자에 관해 알고 있는 건 그게 전부다. 그리고 그는 그녀에게 피카소 그림을 닮았다고 말했다고 한다. 당신 얼굴은 모든 게 비스듬하게 비뚤어져 있어요, 코, 눈, 입, 그는 상세히 설명했다. 솔직히 말해서 그 남자는 위트가 넘치는 사람 같다. 대리점 송년 파티 때 그에 대해 보다 정확한 판단을 내릴 수 있을 것이다. 그가 늙은 여자를 좋아하는지 아닌지 즉시 알아낼 수 있을 것이다. 만약 그가 늙은 여자를 좋아한다면, 나는 테레즈를 선사할 것이다. 그들은 함께 떠날 것이다. 그녀는 그에게 내 사진을 보여주었다. 그녀는 누군가가 자신에게 집적댈 때 그 사람을 즉시 쫓아버릴 수 있는 방법을 알고 있다. 그녀는 비장의 카드를 내민다, 자기에게는 임자가 있다고. 그리고 그 증거물로 내 사진을 자랑스럽게 보여준다. 우리가 결혼한 이후로 자유로움을 느낀 적 없는 나와는 정반대다. 그녀는 말한다. 날 비난해, 비난하고 또 비난하라구. 늙은 여자에게 그런 감정은 세상 전부를 얻은 것 같은 횡재이자 마지막으로 누리는 사치야.

오늘 저녁, 나는 춤을 추지 않는다. 나는 그녀가 자기 동료들과 미친 듯이 몸을 흔들어대는 것을 본다. 그녀는 브르타뉴 출신의 자크라는 오십대 남자를 나에게 소개했다. 그 남자와 나는 춤을 추지 않고 함께 앉아 있다. 우리는 그녀에 대해 말한다, 그녀는 괜찮은 여자예요, 우리는 그 말을 여러 번 되풀이한다. 하지만 그 말만으로는 그가 그녀에 대해 갖고 있는 감정이 얼마나 깊은 것인지 전혀 짐작할 수가 없다. 그가 담배 연기 때문에 괴로워해서 우리는 정원으로 나온다. 그는 나에게 달아나는 것과 떠나는 것, 그리고 모든 걸 훌훌 털고 여행하는 것의 즐거움에 대해 이야기한다. 그리고 내게 자기와 함께 여행할 의향이 있는지 묻는다.

테레즈는 아무것도 모르고 있다. 그녀는 두세 명의 여자친구들과 뷔페에서 음식을 깨작대다가 끝내 먹는 시늉만 하고 있다. 하지만 살을 뺀다고 해서 젊어지지는 않는다. 그녀는 언젠가 새로운 날개를 얻어 다시 혼자서 날아오를 수 있을 것이다. 그러면 정말 좋겠다, 그때 그녀는 아름다울 것이다.

그녀는 내가 자크와 이야기 나누고 있는 걸 보고 흡족한 표정을 짓는다. 아마도 내가 점잖고 사려 깊게 행동하고 있다고 생각하는 모양이다. 자크는 사진으로 나를 본 이후로 잠을 잘 수 없었다고 내게 털어놓는다. 그는 그녀의 살갗에서 내 체취를 음미하고자 그녀에게 접근했다. 하지만 이제 내가 거기에 있다. 우리

는 거기에 있다, 서로 얼굴을 마주 보면서. 그리고 그가 껴안고
입을 맞추는 건 내 사진이 아니다.

여행

    나는 당신 집에서 나왔다. 나는 뜨거운 벽에 기대어앉아 몸을 웅크렸다. 그리고 입술을 벌리고 침을 흘렸다. 내가 다시 일어섰을 때, 오솔길의 가로수가 뿌리째 뽑혀 있었다. 나무는 쓰러져 누운 채로 누군가가 자기를 자르러 오기를 기다리고 있었다. 헬멧을 쓴 남자가 내 눈물을 보았다. 놀란 그는 망설이다가, 당신 울고 있군요, 라고 말했다. 나는 고개를 숙였다.

    사랑은 끝났다. 나는 배가 부른 상태로 떠나왔다. 허기가 지지도 않았고, 근심 때문에 고뇌하지도 않았다. 나는 계속 걸었다, 멈추지 않았다. 나무에서 이파리들이 떨어지는 게 느껴졌다. 절단기를 들고 있는 남자들의 소리가 들렸다. 내 껍질이 갈라지고 있었다. 나는 벌거벗고 있었다. 나는 사라지고 있었다. 나는 그

공허가 어떤 모습으로 말을 걸어올 것인지 몰랐다. 하지만 공허
가 왔을 때, 나는 알아보았다. 그건 너를 닮아 있었다.

　그건 하나의 우물, 하나의 도랑, 하나의 균열이 아니었다, 그
것은 하나의 결핍이 아니라, 오히려 하나의 현존, 하나의 덩어리
였다, 있어야 할 곳에 제대로 놓여 있는 덩어리, 너는 거기 있었
다, 그곳에 서 있는데도 만질 수 없는 너. 공허는 하나의 형태와
부피를 가지고 있었다. 공허와 마주했을 때, 나는 나의 존재가
소멸하는 게 아니라 점점 더 커지는 느낌을 받았다. 그리고 공허
속으로 빠져드는 게 아니라 오히려 내가 거기에 매달리는 느낌
을 받았다. 너의 부재, 그건 너였다. 사라진 너, 그건 내게 별로
중요하지 않다, 어쨌든 그건 너였으니까. 이른 아침에 침대 위로
몸을 기울여 나를 내려다보던 너. 너는 말했다, 평소처럼, 오늘
저녁에 전화할게, 더 자, 그대로 누워 있어, 난 가봐야 해, 지금
은 커피를 마시고 싶지 않아, 나중에 마실게. 그건 너였다, 갑자
기 내게 전화를 해온 건. 그리고 나는 떨고 있었다, 너의 말이 들
리지 않았기 때문에, 그리고 만일 내가 너에게 다시 말해달라고,
더 분명하게 말해달라고, 네 오토바이 소리를 멈춰달라고 요구
한다면 네가 화를 낼 거라는 것을 알고 있었기 때문에, 나는 네
가 하는 말에 무조건 동의했다. 그러고 나서 나는 네게 다시 전
화했다, 잘못 알아듣고 아무렇게나 대답했다는 인상을 주지 않

으려고. 그리고 나는 네게 이야기할 나의 내밀한 감정들에 집중하면서, 네 내밀한 감정들이 어떤 건지 알 수 있었다. 나는 너와 함께 숨을 쉬었다, 그러고 나서 갑자기 모든 것이 사라졌다.

모든 게 내게로 되돌아왔다, 과거로부터. 모호한 것도 흐릿한 것도 결코 사라지지 않은 채로. 그리고 나는 아무것도 멈추지 않는 게 이상하다고 생각했다, 저녁에 걸려오는 너의 전화조차도. 그리고 나는 계속 네 전화를 기다리고 있었다. 나는 너를 기억하고 있었다, 집으로 돌아와 솜이불 속에, 내 품 속에 다시 눕는 너를. 우리는 침묵하고 있었다, 서로의 눈 깊은 곳을 들여다보면서. 그 속에는 아름다운 흔적들이 남아 있었다.

나는 잠을 자러 갔다, 혼자서, 그리고 너와 부딪쳤다, 네가 날 기다리고 있었기 때문에, 다시 또 밤에, 아주 가까이에서. 나는 자리에 누웠다, 너의 옆구리를 덮고 있는 시트를 건드리지 않고. 너는 네 인생에 대해 말했다, 네 인생은 여행일 거라고. 나는 네 여행의 모퉁이들에서 내 여행을 끝마치고 있었다. 나는 너를 사라지게 했다.

나는 저녁식사 제의를 받아들였다. 그 남자는 달랐다, 그는 계속 나와 거리를 유지했다. 나는 그에게 바짝 다가섰다. 그가 내 왼손을 잡았다, 마치 나에게 선서를 시키려는 것처럼. 나는 그의 손가락들에 입을 맞췄다. 나는 내가 사랑하도록 내버려두었다. 그가 내 집으로 들어왔다. 그는 너의 자리를 빼앗지 않고 자기 자리를 찾아냈다. 그리고 개가 그의 무릎에 뛰어올랐다, 고양이 는 그에게 장난을 쳤다, 아무도 너를 배신하지 않았다, 하지만 모든 게 변함없이 계속되었다. 그가 아이의 눈을 감겼지만, 아이 는 재빨리 눈을 떴다. 그는 자신의 뺨과 귀와 손으로 아이의 얼 굴을 비벼댔다. 그러고 나서, 그 남자는 나와 어떻게 해야 할지 알아냈다. 그는 자신의 옷가지를 내 집으로 가져왔다. 그는 너의 빵을 먹었다. 나는 그를 쳐다보지 않았다, 그의 눈을 자주 들여 다보지 않았다, 두려웠다, 나는 밤중에 내 옆에서 잠을 자고 있 는 게 누구인지 알 수 없어 놀랐다. 우리가 사랑을 나누었을 때, 나는 너를 생각하지 않았다. 나는 그와 단둘이었다. 그리고 나 자신과 단둘이기도 했다. 하지만 그를 보면 너의 모습은 사라졌 고, 내가 누구인지 더는 알 수가 없었다. 시간이 필요했다, 한순 간, 아주 잠깐 동안의 시간이. 눈을 뜨기 전에 천천히, 머릿속으 로, 나는 준비를 했다, 그의 형체를 익히기 위해 그가 잠들기를 기다렸다. 그리고 그때부터, 나는 내 옆에 누워 있는 게 그라는 것을 알았다. 그렇지만 낮에는 여전히, 나는 계속 눈을 내리뜨 고 있었다. 나는 내 이파리들이 다시 자라나기 시작하는 것을 느 꼈다.

사람들이 죽은 나무둥치로 불을 지피고 있을 때, 나는 하늘을 쳐다보았다. 고개를 들고 그의 얼굴을 발견했을 때, 나는 내가 새로운 여행을 떠나고 있다는 것을 알았다.

평범한 일상의 되풀이

몸이 꽁꽁 얼어붙었어. 우리가 왜 얼굴을 마주 보고 앉아 있어야 하는지 도저히 이해할 수가 없어. 네 명이 마주 보는 자리는 싫다고 분명히 말하면서 나란히 앉는 좌석을 달라고 했는데. 당신, 샌드위치 먹을래? 샌드위치에다 올리브를 끼워넣었어, 이건 푸페트가 가르쳐준 방법이야. 그녀의 아들은 항상 빵에다 올리브를 끼워 먹는대. 올리브는 없던 식욕도 되살리잖아, 게다가 빵도 촉촉하게 해주고. 푸페트의 아들은 우울증에 걸려 있긴 하지만 그래도 훌륭한 요리사야. 그리고 정원도 아주 잘 가꿔. 옛날 방식으로 땅을 일구지. 그리고 장미나무를 복제할 줄도 안대. 당신, 왜 그런 표정을 짓는 거야? 정말이라니까. 그앤 장미나무를 복제할 줄 알아. 나는 이 자리가 너무 마음에 안 들어. 냅킨을 둘러, 그러면 옷을 버리지 않잖아. 저런, 당신 옷깃에 그게 뭐야? 벌써 뭐가 묻었잖아! 아, 그냥 그림자구나. 나 원 참.

단추를 풀어, 답답해 보여. 그러고 있다간 목에 땀띠 나겠다. 맨 윗단추만이라도 풀라니까. 차장이 오면 따져야겠어, 왜 우리가 이런 자리에 앉게 된 건지. 이번엔 당신이 말해, 알았지? 뭐든 항상 내가 하잖아? 레스토랑에서도 그래, 왜 항상 내가 소금을 달라고 해야 하는 거야? 요전 날에는 물도 내가 달라고 했어, 당신은 아무 생각 없이 앉아 있기만 했지. 난 그런 거 별로 좋아하지 않아. 그런 건 여자가 할 일이 아니야. 당신도 잘 알고 있잖아.

이 기차는 너무 지저분해. 차를 타고 왔어야 했는데. 그랬으면 적어도 옆에 다른 사람들이 앉지는 않을 거 아냐. 당신 가방을 옆 자리에 올려놔, 누군가가 거기 앉을지도 모르니까. 당신, 일부러 그런 거야?

어디 좀 봐! 당신 턱밑이 면도가 안 돼 있어, 깜빡한 거야? 그런데 돋보기는 왜 산 거야? 한 번도 쓰지 않으면서. 매표소 직원은 좋은 좌석을 주겠다고 분명히 말했어. 그리고 컴퓨터 자판을 열심히 두드리면서 좌석을 확인하더라구. 근데 순 엉터리야! 말만 번지르르하게 하는 사기꾼 같으니라고!

당신은 왜 안 먹어? 샌드위치는 너무 오래 깨작거리고 있으면 안 돼. 그냥 꿀꺽 삼켜. 상하기 쉬운 음식은 빨리 먹어야 해. 그리고 좀 쉬어. 졸리면 자, 내가 무슨 말을 하든 상관하지 말고! 먹기 싫으면 이리 줘, 아이스박스에 도로 넣어놓을 테니까. 식중독에 걸려도 난 몰라, 난 절대로 당신을 돌봐주지 않을 거야, 당신에게 미리 경고했어. 당신 또 화장실에 가는 거야? 휴대전화기는 그냥 두고 가, 내가 그걸 먹어치우진 않을 테니까!

당신이 화장실에 가 있는 동안 이게 계속 삑삑거렸어. 그래, 당신 휴대전화기 말이야. 난 아무것도 안 건드렸어. 그리고 어떤 뻔뻔한 녀석이 담배를 피우며 지나갔어. 내가 착각하는 게 아니라면 여기는 분명히 금연구역일 텐데. 당신, 샌드위치 지금 먹을래? 잠시 후면 차장이 표 검사를 하러 올 거야, 당신 기차표 갖고 있지? 없어? 잃어버렸어? 어머 세상에, 어떻게 해! 다른 증명서들하고 같이 지갑에 넣어두지 않았어? 왜? 왜 그걸 지갑에 넣어놓지 않은 거야?

벌금, 그래, 우린 분명히 벌금을 물게 될 거야, 꼴좋군! 신분증마저 잃어버린 건 아니겠지? 신분증이 있으면 그래도 괜찮을 거야, 만약 차장이 마음 좋은 사람이라면 우리를 믿어줄 거야, 우리가 양심적인 사람들이란 걸. 난 차장에게 말할 거야, 그 사람에게 이렇게 말하겠어, 우리 남편은 경로우대증을 발급받을 나이인데다가 여행을 아주 많이 하는 사람이라고. 어제 푸페트가 그러던데, 당신이 나이보다 훨씬 젊어 보인대. 그녀 말이 맞아. 당신은 확실히 나이보다 젊어 보여. 늘 어린애처럼 행동하니까.

당신은 이 책을 읽어야 해, 당신을 위해 산 거니까, 난 어제 다 읽었어. 요즘 사람들이 어떤 것들에 관심을 가지고 있는지 조금이라도 알아둘 필요가 있어. 그래야 우리도 대화를 나눌 수 있어. 사람에 따라 이 책이 마음에 들 수도 있고 마음에 들지 않을 수도 있겠지만 이 책에는 분명히 뭔가가 있어. 게다가, 푸페트는 이 책을 이미 오래전에 읽었대.

또 전화가 울려대네! 그냥 꺼버려, 당신은 안내문도 안 읽어 봤어? 여긴 전화국이 아니잖아! 전화 안 받아? 왜 안 받는 거야? 어쩌면 아이들일지도 모르는데! 문자메시지? 그게 뭔데? 아, 알아보지도 못할 이상한 말들을 마구 눌러놓은 거. 나한테도 좀 보여줘! 잘못 걸려온 거라고? 그런데 뭐가 잘못 왔다는 거야? 뭐라고 씌어 있는데? 아무것도 아니라고? 어쨌든 보여줘 봐! 왜 그걸 지우는 거야? 당신한테 걸려온 게 아니라고? 어떻게 그런 일이 일어날 수 있어? 당신이 뭘 잘못 누른 거야? 잘못 걸려온 걸 잘못 지웠군!

자! 이제 샌드위치를 먹어, 내 말 좀 들어, 물 마실래? 아냐.

무조건 마셔. 하루에 1.5리터씩은 마셔야 된다는 거, 당신도 잘 알고 있잖아, 그런데 왜 같은 말을 되풀이하게 만드는 거야? 나란히 앉아서 갈 수 있었는데, 정말 짜증나. 당신 생각엔 다른 사람들이 우리 옆 자리에 앉을 거 같아? 우리가 내리기 전까지 정차할 역은 이제 하나밖에 없어. 어서 먹어. 부활절을 위해 뭔가 멋진 계획을 세워야지, 아이들에게 집으로 오라고 했어, 하지만 친구들도 초대할 거야, 난 그러고 싶어, 당신은 싫어? 한 스무 명 정도 될 거야. 모두 우리집에서 재울 거야. 그리고 다음 날, 아침 겸 점심으로 함께 식사를 하는 거지, 푸페트의 아들에게 도와달라고 부탁할 생각이야. 만약 그애가 그전에 갑자기 자살하지만 않는다면. 당신은 그애가 지난주에 무슨 짓을 했는지 모르지?

또 화장실에 가는 거야? 당신, 배탈 났어? 가방 속에 아주 잘 듣는 약이 있어. 내 가방 좀 내려줘, 내가 찾아줄 테니까.

그래, 확실히 뭔가 문제가 있어. 분명해. 이 기차를 타고 나서 두 시간 동안 화장실에 들락거린 게 벌써 다섯번째야, 당신, 분명히 어딘가 탈이 났어. 당신은 지난주 내내 너무 긴장해 있었어, 틀림없이 그래서 탈이 난 거야.

당신, 화장실 변기에 앉지 않을 거지? 안 돼! 절대로 변기에 그냥 앉지 마! 변기 위에 올라가서 앉아! 당신, 변기에 그냥 주저앉지 않을 거지? 왜 쉬쉬거려? 기차 안의 변기는 정말 더러워. 그러니까 변기 위에 올라가서 쭈그리고 앉아야 해, 절대로 변기 위에 그냥 앉지 마. 이런! 잼을 좀 먹어. 뱃속이 거북할 땐 잼을 한 숟가락 꿀꺽 삼키면 쏙 내려가. 당신은 기운을 차려야 해, 몸이 너무 약해졌어. 아! 당신 휴대전화기, 정말 지긋지긋해! 진동으로 해놔도 마찬가지군. 아예 전원을 꺼버려! 꺼버리라니까! 당신 뭘 그렇게 두드리고 있는 거야? 문자를 보내는 거야? 누구한테? 아무한테도 보내지 않는다면서 왜 그렇게 두드리고 있어?

내가 당신 옆 자리에 앉으면 어떨까? 거기 앉아 있다가 누가 오면 자는 척하는 거야. 당신은 나를 깨우려고 하겠지, 하지만 난 꿈쩍도 않을 거야, 그렇게 하는 수밖에 없어.

당신 자? 안 자? 세상에는 한심한 여자들이 정말로 많아. 이 잡지 한번 봐봐, 상류층 사람들을 다룬 이 기사 말이야. 상류층 여자, 이걸 보라니까, 이 여자! 이 여자는 자기 남편이 불륜을 저지르고 있다는 사실을 알고 있어. 남자가 쉰 살이 넘은 나이에 손녀에게 문자 보내는 법을 가르쳐달라고 하면, 그건 틀림없이 그 남자가 바람을 피우고 있다는 증거래. 그런데 문자 보내는 법을 당신에게 가르쳐준 건 모린이 아니지? 난 아무리 해도 그 이름이 입에 붙지를 않아. 우리 아들이 어쩌다가 그런 여자와 결혼하게 됐을까? 정말 모를 일이야.

모린은 화요일에 집으로 온다고 했어, 잘됐지. 당신은 이제 문자를 보내고 지울 줄도 알아. 그러니까 그때 그애한테 잘못된 문자가 오지 않게 하는 방법도 가르쳐달라고 하면 되겠네.

무관심의 미학

모두들 내가 뭘 먹고 그렇게 된 건지 궁금해했다. 사촌 언니는 초대받았던 손님들에게 일일이 전화를 걸어 그것에 대해 뭔가 짚이는 게 없는지 물어보았다. 사촌 언니는 어떤 향신료, 아마도 커리 같은 게 나에게 독성 반응을 일으킨 걸 거라고 추측하고 있었다. 언니는 처트니 같은 향신료들도 의심했다. 특히, 향신료 전문점에서 구입한 최고급 쿠르제트 단지를. 사촌 언니는 그것 때문이라고 확신하고 있다. 언니는 그 단지 안에 살짝 피어 있던 곰팡이를 분명히 기억했다. 이른 아침부터 그런 게 생겨 있으면 일단은 내용물이 변질되었을 가능성부터 의심해봐야 한다. 언니가 맛을 보았을 때 확실히 약간 상한 것 같았다. 하지만 언니는 입 안에 든 것을 즉시 뱉어낸 후 물로 입을 헹궈냈고, 그래서 별

탈 없이 지나갔다. 당신은 망막이 손상된 거야, 남편은 마치 내가 큰 죄라도 지은 것처럼 말했다. 당신이 태양을 정면으로 쳐다보는 걸 봤어.

의사는 나의 문제가 뭔지 알고 있다. 그를 더이상 보고 싶지 않은 거군요, 의사가 말한다. 내 남편에 대해 말하는 거다. 나는 그의 진단에 동의한다. 어쩌면 어느 날 갑자기 시력을 되찾을지도 모른다, 다시 보고 싶은 갈망이 너무 크면. 내 눈이 먼 것은 내 머릿속에서 비롯된 것이다. 하지만 나는 둔감한 여자다. 그러므로 내 실명이 내 머릿속에서 비롯되었다는 건, 남편 말대로 말도 안 되는 소리일 것이다.

하지만 꼭 그런 것만도 아닌 것 같다. 앞을 못 보게 된 이후로 소리가 더 잘 들리는 것 같기 때문이다. 나는 그의 목소리, 그 괴물의 말을 듣는다, 그리고 그 목소리 속에서 파리가 윙윙거리는 것 같은 소리, 목구멍 속에서 울려나오는 가식적인 소리들을 듣는다. 그는 나를 배신하지 않았다, 단지 자신에게 곧 닥칠 퇴직과 주머니 속에 간직해둔 계약서에 대해 가장 친한 사촌과 의논을 했을 뿐. 그리고 퇴직한 후 살 집에 관해서도. 그 사촌이 어느날 내게 우리가 이사 갈 지방에 관해 더 자세한 얘기를 물어왔다. 그때 갑자기 내 시야가 뿌옇게 흐려졌다. 나는 눈물이 앞을 가려 그런 거라고 생각했다. 하지만 내 눈에는 물기라곤 전혀 없었다. 밤이 왔다, 깜깜한 밤. 차 안에서 나는 아무것도 보지 못했고, 아무 말도 하지 않았다. 이상하게도, 마음이 편안해졌다. 그는 그 예쁘고 작은 성에 대해 계속 이야기하고 있었다. 우린 거기서 편안하게 살 거야. 왜? 내가 물었다. 생활이 바뀌니까 새롭게 즐겨야지, 그는 그냥 그렇게 대답했다.

집으로 다시 들어가기 위해 나는 그의 팔을 잡아야 했다. 침실로 향하는 계단을 올라가면서, 눈앞이 완전히 캄캄해졌다. 나는 옷을 벗었다. 그리고 잠옷 대신 비옷을 입었다. 하지만 그는 눈살을 찌푸리지 않았다. 나는 이제 앞이 보이지 않는다고 말했다. 그러자 그는 나를 '우리 귀염둥이'라고 부르며 내 머리를 어루만졌다.

나는 낮의 온기를 기다렸다. 그는 내가 아침식사 준비를 하지 않는 걸 보고 놀랐다. 나는 그가 일을 하러 나간 다음에야 자리에서 일어났다. 방 안을 훤히 꿰고 있기 때문에 넘어지지 않았고, 달아나기 위해 필요한 물건들을 실수 없이 찾을 수 있었다. 저녁에 집으로 돌아온 그가 발아래 보따리를 놔둔 채 바닥에 주저앉아 있는 나를 발견했다. 그는 무슨 일이냐고 물었다. 눈이 보이지 않아, 나는 되풀이해 말했다. 그는 그제야 그게 사실이라는 것을 이해했다. 그는 불안에 사로잡혀 내 눈앞에서 두 손을 마구 흔들어댔다. 하지만 아무것도 보이지 않았다, 단지 느낄 따름이었다, 정년이 되기 전에 명예퇴직을 받아들이면서 서명을 하고 나를 배신한 그 손가락들을. 나는 이제 그것들이 보이지 않았고, 그래서 기분이 좋았다.

부인이 시력을 잃은 건 어떤 정신적 충격 때문입니다, 또다른 전문의가 심리학을 믿지 않는 내 남편의 의심에 찬 눈을 보며 말했다. 신체적으로 특별한 이상은 전혀 발견되지 않았습니다, 부인의 눈은 모든 게 정상이에요, 부인은 단지 보고 싶지 않을 뿐입니다. 이런 경우는 간혹 있습니다, 의사는 분명하게 말했다. 여보, 이제 그만해, 자, 날 봐, 어서, 눈을 크게 뜨고 보란 말이야! 도대체 뭘 기다리고 있는 거야, 당신은 볼 수 있다잖아! 남편이 말했다.

당신, 직장에 다시 나가요, 나는 눈을 깜박이지 않고 말했다.

때때로, 나는 섬광들을 본다, 남편이 사라질 때면 빛이 다시 나타난다. 어느 날 나는 그 마지막 빛을 이용해 그의 외투가 있는 곳까지 가서 주머니를 뒤졌다. 거기, 그의 주머니 속에서 나는 설계도를 찾아냈다. 그리고 내 시력은 다시 흐려졌다, 나는 그걸 볼 수 없었다. 그후로 가끔씩, 나는 목소리를 잃는다. 의사는 진단을 내린다. 아무 말도 하지 않으면 괜찮아집니다, 의사는 이제 그런 처방을 내린다. 의사가 히스테릭 전환 장애에 대해 남편에게 말하는 걸 들었다. 남편은 그 모호하고 이상야릇한 병명에 심한 충격을 받았다. 그 질환에 관해 보다 자세한 정보와 치료법을 알아볼 수도 있을 테지만 그는 루르드*나 기적에 의한 치유 사례들에 대해 얘기하는 걸 더 좋아한다.

삶은 계속된다. 나의 후각은 점점 발달하고 있다. 나는 이제 집안 살림을 전혀 하지 않는다. 남편이 나가자마자 나는 창문을 열고 집 안을 환기시키거나 모든 문을 꼭꼭 걸어잠근다. 그리고 곧 그가 돌아온다, 언제나처럼. 그는 자랑스럽게 자신이 받을 퇴직금에 대해 말한다, 자기가 원하던 것을 마침내 얻었다고. 하지만 그는 낙심한다. 그는 내가 시력을 되찾기를 바랄 것이다. 내 눈이 보이지 않기 때문에 시골로 내려가 살려던 계획이 자꾸 미뤄진다.

때때로 우리는 사랑을 한다. 나는 그를 희미하게 알아본다, 내 몸 위에 있는 그, 하지만 내 환영들 속에 나타나는 건 절대로 그

---

* 프랑스 남서부 피레네 산맥 발치에 위치한 가톨릭 성지. 그곳의 샘물은 불치병을 치료한다고 한다.

가 아니다. 대체로 내 위에 있는 남자는 그가 아니라 이웃집 남자다. 그러고 나서 갑자기 너도밤나무 같은 것이 보인다. 지금도 또렷이 기억나는데, 한번은 큰 오리를 보았다. 작은 날개가 있었지만, 날지는 못하는 오리였다.

때때로 나는 생각한다, 만약 내가 사라진다면, 남편 곁을 떠난다면, 어쩌면 시력을 되찾을지도 모른다고. 퇴직금과 예쁜 집을 보지도 못하고 시력을 잃은 건 너무 가혹한 일이다. 하지만 우리가 휴가지에서나 저녁식사 때 단둘이서 얼굴을 마주 보지 않고 살아온 지도 벌써 삼십삼 년째다. 얼굴을 마주 본다면 우리는 죽을지도 모른다. 두 사람 중 한 명은 틀림없이 죽을 것이다. 그런데 그는 그걸 인정하지 않는다. 그는 분위기만 바꿔주면 우리의 문제가 해결될 수 있을 거라고 믿고 있다. 그런데 설사 남편의 생각이 옳다 하더라도, 그는 내가 거들기도 전에 금방 심근경색을 일으킬 것이다. 그런데도 그가 후유증 없이 계속 산다면, 우리는 매일을 마지막 순간처럼 살아가려고 노력할 것이다. 하루종일, 일주일 내내, 단둘이서만, 이 집에서, 사람들로부터 멀리 떨어져서, 아주 건강하게, 서로를 바라보고, 일요일에 어쩌다 찾아온 친구들에게 우리를 잊지 말아달라고 간청하고, 심지어 자고 가라고 억지로 붙잡는 것 외에 우리가 달리 무엇을 하겠는가?

이건 아무도 모르는 나만의 비밀이다. 나는 사 년 전에 이미 시력을 되찾았다. 하지만 남편에게 그 사실을 말하지 않고 있다. 그는 내가 소속되어 있는 시각장애인 협회를 통해 셋집을 얻었다. 그리고 우리는 그곳에서 장님 친구들과 함께 단체로 여행을 다닌다. 우리는 산책을 하고, 이야기를 나누고, 저녁마다 파티를 연다, 그리고 술에 취해 잠자리에 든다, 아주 늦은 밤이 되어서야.

우리의 배은망덕한 아이들

"애들이 분명히 그렇게 말했어, 약속까지 단단히 했는걸. 그냥 온 가족이 모여 바캉스를 보내자는 것뿐이잖아. 그런데 무슨 일이 일어난 걸까? 혹시 짐작 가는 거 없어?"

"전혀."

"이렇게 걱정을 사서 하다가는 단번에 바싹 늙어버릴 거야."

"단번에. 아주 정확한 표현이야."

"당신, 가슴은 괜찮아?"

"아주 좋아, 여보."

"그래도 계속 서 있으면 건강에 좋지 않아. 늘그막에 편안히 살려면 자나 깨나 몸조심 하는 게 상책이야."

"결혼생활 사십육 년 동안, 우린 서로에게 단 한 마디도 언성을 높인 적이 없어, 혹시 그런 일이 있었다 해도 금방 목소리를 낮췄지. 게다가 그런 일이 일어난 건 우리 두 사람 때문이 아니라 언제나 애들 때문이었어, 그렇지 여보?"

"그애들은 끊임없이 우리에게 스트레스를 안겨줬어."

"그애들은 쉬지 않고 불화의 씨를 뿌려댔지."

"그래. 모든 건 우리 두 사람 힘으로 이룬 거야. 당신은 열심히 일을 했고 나는 열심히 애들을 키웠고……"

"……당신은 하고 싶던 일을 포기하고 살면서도 한 번도 불평이나 후회를 하지 않았어."

"그렇고말고! 후회, 당신은 내게 말했지, 세월을 허비하는 게 바로 후회라고."

"그리고 내 말은 틀리지 않았어."

"우린 자식을 넷이나 낳았지, 그래도 별로 힘든 줄 몰랐어. 우린 네 명이나 되는 애들을 키우면서도 항상 즐겁고 행복했지."

"다행히도 그랬지! 당신, 어릴 때 퀴에텔이 어땠는지 생각나? 그앤 만족이라는 걸 모르는 아이였어! 정말로 까탈스러운 아이였지!"

"그애 가슴이 작아진 건 우리 잘못이 아니야……"

"물론이지, 그애가 그걸 원했으니까. 우린 그애가 더 예뻐지도록 온갖 노력을 다 했어."

"그 의사가 돌팔이라는 걸 우리가 어떻게 알았겠어? 그 시절에는 성형외과 의사를 구경하기도 힘들었는데."

"누구라도 실수를 할 수 있어. 그리고 절벽 가슴이어도 행복하게 잘 사는 사람들은 많아."

"어쨌든, 그애가 날 비난한 건 그게 처음이 아니었지. 자기가 그렇게 된 게 어렸을 때 발육 상태에 맞춰 성장할 수 있도록 내가 제대로 돌봐주지 않았기 때문이라나 어쨌다나? 그게 말이 되는 소리야? 생후 십이 주째부터는 이유식을 먹고, 십 개월부터는 용변을 가리게 하고, 게다가 거의 일 년이나 되는 임신 기간엔 또 어땠는데…… 난 그애를 위해 나의 시간과 정력을 모두 바쳤어. 그런데도 뭐가 부족하단 말인지! 애를 억지로 발달시키려 하면 오히려 발육이 저해되고 결국에는 인생을 제대로 살아가지 못하게 된다나?"

"그게 바로 그애가 주장하는 개똥같은 이론이지! 그 아인 수영장에 가지 않아도 된다는 말을 듣고 뛸 듯이 기뻐했어."

"그랬지! 그리고 그애가 억지를 부리면 아무도 못 말렸어! 그애의 뻣뻣한 다리를 고쳐보려고 우리가 브라질까지 갔던 것에 대해서도 말도 안 되는 궤변을 늘어놓으며 트집을 잡았어."

"억지도 그런 억지가 없었지! 소아마비 추가접종을 안 해서 이까지 비뚤어지게 났다니, 그게 말이나 되는 소리야?"

"난 그애의 손가락 빠는 버릇을 고쳐주려고 정말 피나는 노력을 했어. 그애 입에서 손가락을 빼내느라 얼마나 신경을 썼다고. 그앤 우리가 재미로 그렇게 했다고 생각하는 걸까?"

"그런데, 만일 애들이 오지 않으면 어떻게 하지?"

"그냥 늦는 것뿐이야. 걱정할 필요 없어."

"전화라도 한 통 해줄 수 있을 텐데."

"그런 것까지 생각할 수 있는 아이들이 아니잖아……"

"누군가가 그애들에게 그렇게 해야 한다고 살짝 귀띔이라도 해주면 좋을 텐데."

"하지만 그럴 사람이 누가 있겠어? 그런데 참 이상해, 우리 애들 중에서 결혼한 애가 한 명도 없다니! 뭐, 아포트르가 있긴 해, 하지만 그런 결혼이라면 차라리 안 한 것보다 못하니까."

"난 클리토린과 앙데망스가 더 날뛰면서 반대할 줄 알았어, 그애들 반응은 좀 의외였어."

"그러게! 앙데망스는 클리토린과 죽이 참 잘 맞아. 늘 그랬어! 클리토린이 다이어트하던 때를 생각해봐. 앙데망스는 클리토린이 기름진 음식을 먹어대지 못하게 하려고 갖은 애를 썼지."

"그 음식들은 공짜가 아니었어. 하지만 당신은 그애가 마구 먹어대도 한 번도 말리지 않았지."

"우린 지지리 운도 없었어. 우리 집안에 그런 애가 태어나다니, 정말 끔찍한 일이었어."

"그애가 지방 흡입술을 받은 후에는 그래도 좀 괜찮았잖아? 그앤 수술을 받고 아주 만족해했었어. 하지만 그애가 지금 이 말을 들으면 그런 적 없다고, 자기가 언제 그런 수술을 받았느냐고 박박 우겨댈 거야. 지방 덩어리를 잘라내고 얼마 되지도 않아 원상태로 돌아갔으니까. 그래도 한동안은 그애를 데리고 외출하는 게 덜 창피하긴 했는데."

"제발 그후에 일어난 일들에 대해서는 더 말하지 마!"

"그애는 한 번에 사 인분을 먹었어! 그애를 가둬둔 건 잘한 일이었어. 당신, 양심의 가책 같은 거 느낀 적 없었지, 응?"

"전혀. 그애가 문을 갉아먹었던 거 기억나, 여보? 그앤 집 안의 가구들을 모조리 망가뜨려 우리집을 거덜냈어! 아포트르가 실내디자인을 중도에 포기하지만 않았더라도, 우리한테 큰 도움이 되었을 텐데."

"그리고 클리토린 말이야, 그앤 얼굴에 핏기 하나 없는데다 갑오징어처럼 바짝 말라가지고서는 삼키는 것마다 전부 토해댔지!"

"한 편의 시야, 그앤."

"그래, 그 표현이 딱 들어맞아! 그 아인 기생충까지 토해냈으니까!* 스무 살에 식도암이라니. 나 원."

"그건 순전히 날 화나게 만들려고 그런 거였어. 내가 오랜 시간 정성을 다해 식사를 준비할수록, 그애는 음식들을 토하는 게 잘하는 짓이라고 생각했어. 내 수고에 대한 감사의 표시로 말이야, 정말 고맙기도 하지."

"그래, 그게 분명해, 목구멍으로 감사의 표시를 한 거지!"

"당신도 참…… 봐요, 저기, 차가 한 대 들어오고 있어!"

"아냐, 저건 우리 애들 차가 아니야. 우리 애들은 저런 차로 우리 체면을 세워줄 능력이 없어."

"아포트르는 이번 봄에 운전면허 시험에 또 떨어졌대."

"그 얘긴 당신한테 벌써 들었어."

"그애는 이제 운전면허를 포기해야 해, 그게 현명할 것 같아. 그 아인 운전하고는 거리가 멀어. 어릴 때 놀이공원에서 범퍼카를 타면서도 겁이 나서 울어대던 녀석이었으니까. 아마 그애가 열한 살이나 열두 살 때였을 거야, 거기서 나이도 제일 많은 녀석이, 엄마, 엄마, 무서워, 무서워 죽겠어, 난 내릴 거야! 라고 울부짖으면서 난리를 피웠지. 바보 멍청이 같은 자식!"

"호모 자식."

"창피해 죽는 줄 알았다니까! 난 세 번을 계속 탈 수 있게 돈

---

* 프랑스어로 '시(vers)'와 '기생충(ver)'은 동음이의어이다.

을 미리 냈어, 어떻게 해서든 그애가 거기에 조금이라도 익숙해질 수 있게 만들려고 말이야, 그런데 그앤 범퍼카가 멈추자마자 자리에서 일어나 밖으로 빠져나오려고 기를 썼어, 그럴 때마다 달려가서 그애를 운전대에 억지로 주저앉혀야 했지. 그애는 얼굴이 시뻘게지고 온몸이 땀으로 축축했어, 게다가 부들부들 떨고 있었지."

"흥, 그런 주제에 잘난 척은! 그 녀석이 그런 여자를 만난 건 놀랄 일도 아니야. 벙어리! 그애가 어떻게 우리한테 이럴 수 있어? 벙어리와 결혼을 하다니!"

"우리가 심심하지 않게 평생 씹어댈 거리를 만들어주려고 저 나름대로 노력한 거야, 일종의 효도지."

"아, 이래서 내가 당신을 사랑하는 거야! 당신은 날 항상 웃게 만드니까, 제발 그만 웃겨!"

"웃지 마."

"당신 말이 맞아. 애들이 오면, 우린 언짢은 표정을 짓고 있어야 해."

"혹시 애들이 사고를 당한 건 아닐까……"

"한꺼번에 넷이? 그건 불가능해!"

"그래도 만약 그런 일이 일어난다면, 우린 보상금을 받게 되겠지, 아무렴."

"그게 뭐 얼마나 되겠어?"

"엄청날걸!"

"우리가 게으름뱅이들을 낳았다는 것만큼은 인정해야 해. 직업도 없이 뒹구는 놈들을 생각해봐! 넷 중에 둘이 실업자잖아! 셋째는 일 년 열두 달 중에서 여섯 달은 병가로 쉬어, 그리고 넷째는 소방관도, 수의사도, 풋볼 선수도, 대통령도 되지 못했어."

"실내디자이너도."

"그앤 회계사야, 하지만 회계사면 뭐 해? 그까짓 무료 세무회계사무소. 정말 기가 막히고 한심한 일이지, 게다가……"

"가능하다면 벙어리들을 위해 무료 봉사하는 회계사!"

"이름은 그런 식으로 근사하게 갖다붙였지만 그런 단체들일수록 뒷구멍으로 별별 추잡한 짓거리를 다 한다는 거, 알 만한 사람은 다 알아. 자원봉사니 어쩌니 겉으론 번드르르하게 떠들어대지만 내막을 알고 보면 그다지 자랑할 게 못 된다구. 여보, 쓸데없이 여행 트렁크들을 미리 내려놓지 말 걸 그랬어."

"트렁크들을 다시 방으로 올려달라고 프론트 직원에게 부탁합시다. 설마 우리 부탁을 거절하진 않겠지."

"애들이 당신이 키우는 화분들에 물을 제대로 줬으면 좋겠는데. 이번 여름엔 날씨가 너무 더워서, 며칠만 물을 안 줘도 완전히 말라죽을 거야."

"헛된 기대 같은 건 하지 않아. 애들한테서 도움받은 적이 단한 번도 없으니까. 앙데망스는 화분에 물을 줘야 하느니 말아야하느니 쓸데없이 참견을 하면서 또 이상한 궤변을 늘어놓았을거야. 그리고 클리토린은 그 말을 새겨들었을 거고. 그앤 나이를아무리 먹어도 어린애나 마찬가지야. 그런데 그애도 우리를 원망하고 있는 것 같아. 이건 좀전에 생각난 거지만!"

"그래, 어쨌든 그애는 뭔가 앙심을 품고 있어!"

"그때 그 일만큼은, 우리가 정말 잘한 거라고 생각해. 난 우리행동에 대해 떳떳하다구. 그 남자애는 우리 딸하고 어울리지 않았어. 게다가 봐, 결국 그 남자앤 지금 행복하게 잘살고 있잖아?그리고 상황을 과장해서는 안 돼. 우린 그애한테 우리 딸과 헤어지라고 강요하지 않았어, 단지 우리 딸애가 가진 신체적이고 정신적인 모든 문제를 솔직하게 말해줬을 뿐이지. 우린 그 녀석이눈을 뜨고 현실을 제대로 볼 수 있도록 도와준 거라구."

"우리로서는 정말 용기 있는 행동이었어, 옳다구나 좋은 기회다, 하고 그 녀석에게 그 골칫덩어리를 떠넘겨버리는 게 훨씬 쉬운 선택이었을 거야. 그랬으면 정말 뱃속 편했을 거라고."

"우린 그애가 그 녀석이랑 달아나게 내버려둘 수도 있었어,하지만 우린 솔직하고 싶었어. 정직하게 사는 게 좋았으니까."

"사람 사는 도리를 지킨 거지."

"우리라고 즐거워서 그런 일을 했겠어?"

"그러게. 있지, 첨단 기술이란 게 정말 놀랍긴 놀랍더라고. 바 캉스를 떠나오기 전에 그 사진을 한 번 더 봤거든. 그런데 아무 리 봐도 전혀 합성사진 같지가 않았어. 우리 클리토린이 정말로 주차장에서 벌거벗고 있는 것 같더라니까."

"그래, 요즘 기술은 믿을 수 없을 정도로 정교해. 클리토린 뒤 에 있는 남자들도 진짜 같았잖아. 정말 감쪽같아. 합성사진이라 고 믿을 사람은 세상천지에 아무도 없을 거야."

"그리고 그 잡지 사진 말이야, 제 여동생들을 꽁꽁 묶어 구덩 이 안에 던져넣고는 휘발유를 끼얹고 있는 그 사진, 그건 진짜보 다 더 진짜 같았어! 그 사진들을 없앴어야 했는데. 혹시라도 클 리토린이 그걸 발견하게 된다면, 우린 평생 그애의 원망을 듣고 살아야 할 거야."

"맞는 말이야! 그래서 내가 그 사진들을 잘 숨겨뒀지. 그러니 까 그 아인 그걸 절대로 찾아내지 못할 거야. 그애는 앞으로 평 생 그 남자애가 다른 여자 때문에 자기를 버리고 떠났다고 믿고 살겠지, 그 남자애가 자기를 떠난 게 우리 때문이라는 사실을 절 대로 눈치채지 못할 거야! 모든 건 퀴에텔의 메달이랑 앙데망스 의 은식기 세트와 함께 잘 보관해뒀어."

"하지만 잃어버렸잖아!"

"그래, 바보같이! 어쨌든 그애들은 우리가 해준 모든 것에 보답해야 해."

"그리고 당신한테 이걸 말할까 말까 한참 고민했는데 말이야. 아포트르가 마지막으로 온 날, 그애가 그 벙어리 여자를 마치 장님 다루듯 조심스럽게 부축하면서 화장실까지 데려다주고 있는 동안, 내가 그애 지갑을 슬쩍했거든? 그걸로 뭔가 할 수 있을 거라고 생각했지."

"하지만 그 지갑에는 틀림없이 돈이 별로 들어 있지 않았을 테지."

"그런데 애들은 지금 뭘 하고 있을까? 곧 해가 지겠어, 방으로 다시 올라갑시다. 애들이 오면 알아서 우릴 찾겠지."

"하지만 우리가 이곳에 온 지도 벌써 두 달이 되었어. 여름에 왔는데 이제 곧 가을이야."

"저기 봐, 눈이 내리기 시작해!"

"내일은 틀림없이 오겠지. 자, 다시 들어가자구."

"그런데 난 우리가 왜 날마다 그애들을 기다리는 건지 모르겠어, 우린 여기서 아주 잘 지내고 있잖아, 우리 두 사람 다, 예전처럼……"

"자식 같은 건 절대로 낳는 게 아니었는데. 그애들과 멀리 떨어져 조용하게 지낼 때조차 우린 애들을 생각하잖아."

"어쩔 수 없는 일이야, 우린 좋은 부모니까, 지난날을 뒤돌아보고 우리 삶이 어땠는지를 평가해보건대, 우린 퀴에텔, 아포트르, 클리토린, 앙데망스를 남겨두고 죽을 수 없어."

"그렇지만, 그애들은 분명히 우리보다 더 오래 살 거야."

"그래서 화가 난다니까."

발가벗겨진 사랑의 아픔

독액에 담근 펜으로 나프탈렌처럼 반짝이는 유머와 끝 모를 잔혹성을 거침없이 쏟아내는 '악의 꽃' 클레르 카스티용, 그녀의 일곱번째 작품이자 두번째 소설집인 『사랑을 막을 수는 없다』는 2007년 프랑스 문단의 첫 새벽을 연 문학적 사건이었다. 프랑스의 비평가들과 독자들은 클레르 카스티용의 독특한 매력을 다시 한번 확인하면서 한 해를 맞이하는 행복을 누릴 수 있었고, 클레르 카스티용은 이 작품집으로 소설가로서 단편에도 탁월한 재능이 있음을 확실하게 보여주었다. 그녀는 군더더기를 쳐내고, 짧게 줄이고, 꼭 필요한 단어들만으로 할 말을 다하는 놀라운 재능이 있다. 이 책에 실린 스물세 편의 이야기는 '단편'이라는 명칭에 정확하게 부합한다. 때로는 한 페이지가 겨우 될까 할 정도로 짧은 분량, 그럼에도 거미줄처럼 정교하고 탄탄하게 짜인 이야기 구조, 단 몇 줄 또는 단 한 마디로 앞에서 서술된 모든 상황을 단번에 뒤집어버리는 반전, 읽는 이의 가슴을 서늘하고 허탈하고 저릿하게 만드는 긴 여운, 그리고 무엇보다도 단숨에 읽어내리게 만드는 힘…… 이 책에 실린 소설들은 그 모든 것을 갖추고 있다.

비듬처럼 뚝뚝 떨어져내리고 건선에 걸린 피부처럼 금방이라도 쩍쩍 갈라질 것 같은 메마른 이야기들, 머리가 약간 돈 게 아닌가 싶을 정도로 상식의 선을 한참 벗어난 잔혹한 이야기들을 나지막한 어조로 끈질기게 쏟아내던 그녀가 이번에는 사랑에 대해 말한다. 천사의 얼굴을 한 이 잔인한 악녀가 묘사하는 사랑은 과연 어떤 모습일까? 아니나 다를까, 그녀는 『사랑을 막을 수는 없다』라는 감상적이고 열정적이고 낭만적인 제목을 단칼에 배반한다. 그녀가 말하는 사랑은 사랑임에도 불구하고 처참하리만큼 치졸하고 상스럽다. 환상이 벗겨진 사랑, 그것은 역겹고 부끄럽고 잔혹하며 그래서 가슴 아프고 서럽다. 「로미오와 줄리엣」처럼 위대한 비극이어서 슬픈 게 아니라 너무 치사해서 슬프고 너무 저열해서 아프다. 남자들은 전부 배신자이거나 사기꾼이거나 가학적인 폭군들이고, 여자들은 하나같이 이기적인 파괴자들이거나 겁 없이 뻔뻔한 존재들이다. 딸을 사랑하는 아버지들, 사악한 어머니들, 학대받는 여자들이 서로에게 욕을 퍼부어대고 자신들의 몸을 갈가리 찢어발긴다. 사랑의 껍질을 한 겹 한 겹 벗겨내면 결국 그 중심에는 이기심이 도사리고 있다. 발가벗겨진 사랑이 이토록 잔인하고 초라하며 가슴 아픈 것은 바로 그 이기심 때문이다. 통탄할 일이지만 그게 바로 현실이다. 사랑이 언제나 로맨틱하고 달콤하고 아름다운 것만은 아니라는 것, 사랑에는 언제나 속이는 자와 속는 자가 있다는 것, 사랑의 적은 제삼자가 아니라 바로 사랑하는 당사자들이라는 것, 그래서 둘이서 함께 공통의 적과 맞서 싸우는 게 아니라 사랑하는 두 사람이 결국에는 서로를 향해 으르렁대며 싸운다는 것, 클레르 카스티용은 그것을 보여주고 싶어한다. 그녀가 묘사하는 사랑은 분명히 비극이다. 하지만 그것은 여느 소설이나 영화 속에서 볼 수 있는 지고지순하고 아름다운 비극이 아니라, 평범하다 못해 천박하고 찌질한 일상의 비극이다. 절뚝거리는 부부들, 비틀거리는 아버지와 딸, 폭력과 소유욕과 질투와 배신, 인색함과 환멸…… 너무 발가벗겨져서 마주하기가 당혹스럽고 심지어 불쾌하기까지 한 비극. 그녀는 그런 것들을 태연하게 읊조린다. 전작들에서와 마찬가지로 이 책에서도 그녀는 여전히 거리낌이 없다. "나 같이 솔직한 여자가 못 할 말이 어디 있겠어요? 난 뭐든 터놓고 말하고 싶어요. 내숭떠는 건 성미에 안 맞아요."「고공비행!」에 등장하는 여자의 입을 빌려 그녀는 자신의 원칙을 공포한다. 그녀는 자기검열을 하지 않는다. 너무 민망해서 차마 글로 옮겨놓을 수 없을 것 같은 치부들을 조금도 부끄러워하지 않고 오히려 또록또록한 어조로 적나라하게 묘사한다. 아니 그것도 모자라, 발가벗겨진 그 치부들을 우리 눈앞에 마구 흔들어댄다. 눈길을 피하지 말고 똑똑히 봐, 우리들의 사랑은 이런 거라구!

그런데 이상한 일이다, 그녀가 이처럼 불쾌한 이야기들을 늘어놓아도, 우리는 그녀의 어법에서 불쾌함을 느끼지 못한다. 이유가 뭘까? 한편으로 그건 아마도 그녀가 입에 담기 어려울 정도로 상스러운 것들을 놀랄 만큼 우아하고 서정적인 문체로 풀어내고 있기 때문일 것이다. 그녀는 깊은 내면의 감정들을 간결한 어휘로 표현하고, 칙칙하고 무거운 것들을 가볍고 발랄한 단어들로 그려내고, 음산하고 음울한 것들을 섬뜩한 유머로 돌려놓는다. 그녀는 저속함을 노래하는 시인이다. 그리하여 그녀는 저속한 일상성이야말로 신화적인 상징성과 맞물려 있다는 것을, 신화는 우리와 동떨어진, 고답적인 것이 아니라 우리의 평범한 삶과 일상 속에서 태어나고 살고 전승된다는 것을 다시금 일깨워주면서 보편성과 깊이를 획득한다.

그리고 스물세 편의 이야기들 속에 등장하는 인물들이 그녀의 노래에 리듬을 받쳐준다. 다양한 등장인물들은 어쩌면 모두

한 가족의 구성원들인지도 모른다. 남편과 아내와 아들과 딸이 이야기마다 차례로 돌아가면서 화자인 '나'가 되어 나머지 가족 구성원들을 바라보는 것일지도. 그래서 어떤 이야기에서 그이거나 그녀였던 인물이 어떤 이야기에서는 내가 되기도 하며, 반대로 어떤 이야기에서 나였던 인물이 어떤 이야기에서는 그 또는 그녀가 되기도 한다. 또, 한 이야기 안에서 '나'가 마치 유령처럼 또 다른 '나'를 뒤따르며 바라보기도 한다. 이처럼 발랄하고 경쾌한 리듬과 서정적인 멜로디를 듣고 불쾌함을 느낄 사람이 있을까.

그녀의 어법이 불쾌하게 느껴지지 않는 또다른 이유는, 그녀가 전지자적 입장에서 우리의 비루한 사랑을 조롱하고 있는 게 아니기 때문일 것이다. 그녀는 우리의 위쪽이나 맞은편에서 우리를 손가락으로 가리키는 게 아니라, 우리와 같은 자리에 서서 같은 곳을 바라본다. 다시 말해 그녀가 말하는 그, 그녀, 그들, 그리고 우리 속에는 그녀 자신도 포함되어 있다. 그녀는 관망하는 자가 아니라 함께 겪는 자이다. 너무도 날카롭고 섬세한 그녀의 펜은 우리를 자주 아프게 하지만 결코 가식적이지 않다. 그녀는 고통을 함께 겪고 있는 자이다. 각자의 고통, 그것은 타인들의 눈에는 하찮아 보이고 우습기까지 하지만 당사자들에게는 이 세상에서 가장 무겁고 큰 숙제이다. 그녀는 그걸 알고 있다. 이

스물세 편의 이야기들에서 나와 그녀, 그, 그들, 우리는 들쑤셔진 상처를 똑바로 들여다보며 돌림노래를 한다. "고통을 이기기 위해서는" 고통을 숨기거나 피하지 말고 "고통을 죽여야" 한다고. 「고통, 그걸 죽여야 한다」에서 여자는 식탁에 둘러앉은 손님들에게 말한다. "왜 날 보지 않는 거죠? 그걸 다 알고 있으면서 왜 그 애기는 한 마디도 하지 않는 거죠?"

자, 보세요, 눈길을 피하지 말고 똑똑히! 클레르 카스티용, 그녀는 우리에게 손을 내민다. 우리 함께 이 끔찍하고 징글징글한 상처와 아픔들을 똑바로 쳐다보자구! 그래서 우리, 우리는 그녀가 내민 손을 잡고 그녀의 시선을 따라갈 것이다. 그녀의 독기 어린 펜은 우리로 하여금 우리의 추한 모습을 비추는 거울을 외면하지 않게 하는 힘, 부끄럽지만 껴안을 수밖에 없도록 만드는 힘을 지니고 있기 때문이다.

2008년 봄
윤 미 연

지은이 **클레르 카스티용**

1975년 프랑스 불로뉴 비양쿠르 출생. 스물다섯 살에 『다락방』을 발표한 이래, 거의 매해
한 편씩 작품을 내놓으며 평단과 독자들의 주목을 한 몸에 받고 있다. 아름답고 고혹적인
외모와는 달리 가치 전복적이며 도발적인 작품 성향 때문에 '천사의 얼굴로 악마의 글을
쓰는 작가'로 불린다. 『왜 날 사랑하지 않아?』 『로즈 베이비』 『나는 뿌리를 내린다』 『렌 클
로드』 『그녀에 대해 말하다』(2004, 티드 모니에 대상 수상작) 등의 작품이 있다.

옮긴이 **윤미연**

부산대학교 불어불문학과 및 동대학원을 졸업하고, 프랑스 캉 대학에서 박사 과정을 수료
한 뒤 전문 번역가로 활동하고 있다. 『구해줘』 『첫 번째 부인』 『드골평전』 『나의 라디오
아들』 『엄마와 딸 그리고 하버드의 기적』 등을 우리말로 옮겼다.

문학동네 세계문학
사랑을 막을 수는 없다

초판인쇄	2008년 3월 20일
초판발행	2008년 4월 1일

지 은 이	클레르 카스티용
옮 긴 이	윤미연
펴 낸 이	강병선
책임편집	장선정 김지연
펴 낸 곳	(주)문학동네
출판등록	1993년 10월 22일 제406-2003-000045호

주 소	413-756 경기도 파주시 교하읍 문발리 파주출판도시 513-8
전자우편	editor@munhak.com
전화번호	031) 955-8888
팩 스	031) 955-8855

ISBN 978-89-546-0534-2 03860
www.munhak.com